LA LEYENDA DEL BESO

SARA ORWIG

Editado por Harlequin Ibérica.
Una división de HarperCollins Ibérica, S.A.
Núñez de Balboa, 56
28001 Madrid

I.S.B.N.: 978-84-687-6626-3
Depósito legal: M-19550-2015
Impresión en CPI (Barcelona)
Fecha impresion para Argentina: 29.2.16
Distribuidor exclusivo para España: LOGISTA
Distribuidor para México: CODIPLYRSA
Distribuidores para Argentina: Interior, DGP, S.A. Alvarado 2118.
Cap. Fed./Buenos Aires y Gran Buenos Aires, VACCARO HNOS.

Capítulo Uno

Josh Calhoun miró el cartel de neón rojo que resplandecía entre la nieve densa que caía. Las ventanas del Beckett Café se habían helado y no podía ver si ya había cerrado aquella noche. A pesar del hambre que tenía, lo que más le preocupaba era encontrar una cama. Las autoridades habían cerrado las carreteras. Miró el reloj del taxi. Apenas pasaban unos minutos de las diez, pero parecía la una de la madrugada.

El taxi dejó atrás las dos manzanas de edificios de una planta mientras la calle principal de Beckett, en Texas, era engullida por una fuerte tormenta de nieve. A pesar del calor que hacía en el taxi, sintió un escalofrío y se subió el cuello de la chaqueta mientras contemplaba la ventisca.

Al cabo de unos minutos vislumbró el letrero de la posada Donovan, que el viento sacudía. Descorazonado, se quedó mirando la parte del cartel que decía que no había habitaciones libres.

La cortina de nieve que caía no impedía reconocer la casa de estilo victoriano de tres plantas que allí se alzaba. La luz resplandecía en el porche. Las contraventanas flanqueaban unos amplios ventanales que dejaban escapar la luz cálida del interior, iluminando la noche tormentosa. El conductor se detuvo junto a la acera.

–Pregunte por Abby Donovan. Es la dueña.

–De acuerdo. Enseguida vuelvo.

–Aquí le espero. Abby es buena persona. No le dejará tirado con esta tormenta, ya lo verá.

Josh se puso su sombrero y dejó el calor del taxi para enfrentarse al viento y la nieve. Se acercó a la casa sujetándose el sombrero y llamó al timbre. A través de una ventana se veía un amplio salón con gente y una chimenea encendida.

Cuando la puerta se abrió, apareció ante él una mujer delgada con unos enormes ojos azules. Llevaba un jersey azul claro y unos vaqueros. Se olvidó de la hora, de la fuerte tormenta e incluso de la situación en la que estaba. Demasiado cautivado por aquellos ojos que lo observaban, Josh se quedó paralizado.

–¿Abby Donovan?

Su voz sonó ronca.

Ella parpadeó, como si se hubiera quedado tan cautivada como él.

–Soy Abby.

–Me llamo Josh Calhoun. He venido a Beckett a comprar un caballo, y ahora no puedo volver al aeropuerto. Necesito un sitio donde quedarme y me han aconsejado que viniera a verla. He visto que su cartel dice que no le quedan habitaciones, pero en estas circunstancias, estoy dispuesto a dormir en el suelo con tal de resguardarme de la tormenta de nieve.

4

–Lo siento mucho, pero estamos completos. Ya tengo gente durmiendo en el suelo.

–El taxista no puede volver al aeropuerto. Las carreteras están cerradas.

–Lo siento, pero ya no me queda espacio. Hay dos personas que van a dormir en sofás y otras dos en el suelo. No puedo ofrecerle nada. Tengo dieciocho personas en las habitaciones y nueve niños. No me quedan almohadas ni mantas…

–He parado a comprar mantas y una almohada en la única tienda que quedaba abierta. Estoy desesperado.

–Vaya –dijo mirándolo con el ceño fruncido.

Sus labios eran carnosos y tentadores. Trató de concentrarse en el modo de conseguir una cama para pasar la noche y olvidarse de la posibilidad de besarla. No recordaba que una completa desconocida le hubiera provocado una reacción así. La recorrió con la mirada y se sorprendió de sentirse atraído por ella. Con aquella coleta en la que llevaba recogido su pelo rubio oscuro, su aspecto era sencillo.

–Abby, estoy desesperado. Puedo dormir en una silla. El taxista tiene hijos pequeños y quiere irse a su casa. Cualquier rincón me servirá, incluso el suelo de la cocina. Me iré por la mañana. Le pagaré el doble de lo que cuesta una habitación.

–Pase mientras hablamos –dijo ella frunciendo el ceño–. Hace mucho frío.

Asintió y entró en el amplio vestíbulo, dominado por una gran escalera circular que llevaba al segundo piso. El calor lo envolvió y se sintió un poco más animado.

–Puedo pagarle por adelantado, con un recargo, lo que quiera. No sabe cuánto se lo agradecería. Estoy desesperado. Anoche estuve levantado hasta las tres negociado un contrato en Arizona y hoy he volado hasta aquí para ver un caballo antes de volver a casa. No he cenado, estoy cansado y tengo frío. No puedo volver a casa. Hace una noche de perros y no tengo dónde quedarme. ¿Qué puedo hacer para ayudar si me quedo? ¿Preparar el desayuno para todos?

Ella sacudió la cabeza y dejó de fruncir el ceño.

–Yo me ocupo de cocinar.

–Me han hablado muy bien de usted en el pueblo. Dicen que es generosa, amable…

–Déjelo –dijo, y sonrió–. Cuénteme más de usted.

Josh se sorprendió de que le pidiera que se presentara, ya que era muy conocido en Texas.

–Soy Josh Calhoun, de Verity, en Texas. Soy dueño de los hoteles Calhoun.

–¿Iba a comprar un caballo siendo un empresario hotelero?

–También soy ganadero. La sede de mi compañía está en Dallas, donde tengo otra casa. Puede comprobarlo fácilmente. El sheriff de Verity puede darle referencias, nos conocemos de siempre.

Josh sacó la cartera y la abrió para mostrarle su permiso de conducir cuando ella puso la mano sobre la de él.

Aquel roce lo sobresaltó y le obligó a levantar la

vista. Podía percibir su perfume de lilas. De nuevo, se sintió cautivado y le sostuvo la mirada.

–No tiene que enseñarme más documentos –dijo ella apartándose–. Está bien, quédese esta noche. Puede dormir en el sofá de mi habitación, pero use el baño del pasillo y no el mío.

–Gracias, Abby –dijo él sonriendo–. No sabe cuánto se lo agradezco. Hace una noche muy desagradable.

Se preguntó si podría invitarla a cenar alguna vez. El frío y el alivio por haber encontrado donde pasar la noche parecían estar afectándole el juicio, porque no era su tipo de mujer.

–Voy a por mis cosas y a pagar al taxista. Volveré en un momento.

–Dejaré la puerta abierta. Echaré la llave cuando vuelva.

–No se arrepentirá –dijo acercándose a ella.

–Eso espero.

Se dio la vuelta y cerró la puerta al salir. Corrió hasta el taxi y se metió dentro.

–He conseguido habitación –anunció sacando unos billetes de la cartera–. Gracias por traerme. Y gracias también por animarme a comprar la manta y la almohada.

–Me alegro de que haya encontrado sitio. Siento no haberle podido ayudar más, pero con mis cuatro hijos y mis suegros de visita, no me sobra espacio en casa, aunque se la hubiera ofrecido si no hubiera encontrado otra cosa. Que tenga buena suerte. Cuando abran las carreteras y quiera ir al aeropuerto, llámeme, tiene mi tarjeta. Vendré a buscarlo.

–Gracias. No olvidaré todo lo que ha hecho.

Josh añadió una buena propina a los billetes que entregó al conductor.

–Señor, creo que se ha equivocado –dijo el hombre al ver el dinero que tenía en la mano.

–No, es una muestra de agradecimiento. Cuide de su familia.

–Muchas gracias, es una propina muy generosa.

Josh fue a salir del coche, pero se detuvo.

–¿Sabe si la señora Donovan tiene un marido que le ayude con la posada? –preguntó.

–No, está soltera. Su abuela llevaba el negocio y ahora es Abby la que se ocupa. La abuela Donovan vive en el piso de arriba y pasa temporadas en la casa de su hija, que es la de al lado.

–Muy bien, gracias de nuevo.

Josh se dio cuenta de que el pueblo era lo suficientemente pequeño para que todos se conocieran. Salió a la nieve y corrió a la posada.

Abby apareció al momento para cerrar con llave la puerta y apagó la luz del porche.

–Le enseñaré dónde puede dejar sus cosas –dijo ella y avanzó por el pasillo hasta detenerse ante una puerta–. Esta es mi habitación.

Entró y encendió la luz. El suelo era de madera de roble, con una alfombra de lana hecha a mano, los muebles antiguos de caoba y las estanterías estaban llenas de libros y fotos familiares. Las plantas le daban un ambiente acogedor que le recordó a la casa de sus abuelos. Había una chimenea de piedra con el fuego encendido.

–Encendí el fuego hace un rato –dijo ella–. La mayoría de los huéspedes están en el salón principal y suelen acostarse alrededor de las once, que es cuando apago todo. Esta noche es diferente porque nadie podrá irse por la mañana, así que supongo que algunos querrán ver una película. Elija lo que quiera hacer. Puede dejar sus cosas y unirse a nosotros o, si lo prefiere, puede quedarse aquí. Hay una puerta en mi dormitorio que da al pasillo, así que puedo entrar y salir por ahí y no molestarlo. Disponga de la habitación a su gusto. En cuanto le traiga las toallas y haga el registro, volveré con los demás.

–Iré con usted –dijo él dejando la almohada y la manta en el sofá, antes de quitarse el abrigo.

Llevaba un jersey grueso marrón sobre una camisa blanca, vaqueros y botas.

–Ese viejo sofá se le queda pequeño. ¿No prefiere dormir en el suelo?

–Estaré bien. Ya con tener un techo sobre la cabeza me parece el paraíso. No me importa que me cuelguen los pies –comentó sonriendo.

–Iré a por sus toallas –dijo Abby, y se marchó.

La observó avanzar y al momento regresó y le entregó unas toallas.

–Si viene conmigo, le tomaré los datos.

Josh la siguió hasta el mostrador de madera, arañado por el uso, y reparó en la barandilla de la escalera.

–Esta casa parece de estilo victoriano.

–Lo es. Ha pertenecido a mi familia durante cinco generaciones –dijo acercándole el libro de registro–. Por favor, ponga su nombre aquí. Necesito su tarjeta de crédito. Como va a dormir en el sofá, le aplicaré un descuento sobre la tarifa. Estas son las tarifas –añadió, entregándole una hoja de papel–. Aquí tiene un plano de la casa y un mapa de Beckett, no creo que pueda marcharse mañana porque está previsto que siga nevando. Está todo cerrado: autopistas, carreteras, oficinas… Hemos oído en la radio que medio pueblo se ha quedado sin suministro eléctrico. Estoy dando linternas a todos los huéspedes. Esta casa es vieja y las velas son peligrosas.

Buscó bajo el mostrador y le entregó una pequeña linterna.

–Gracias –dijo él guardándosela en el bolsillo.

En vez de leer los papeles que le había entregado, se quedó observándola. Su delicada piel y sus mejillas rosadas le añadían encanto. ¿Qué era lo que tanto le atraía de ella? No podía ser su personalidad, porque acababa de conocerla. Llevaba ropa holgada que le ocultaba la figura, por lo que no era su físico lo que llamaba su atención. Sin embargo, había algo en ella que lo incitaba a rodearla entre sus brazos, a fantasear con la idea de besarla y hacerle el amor… Quizá fueran las largas horas de trabajo de los últimos días y la tormenta lo que le provocaba aquel extraño interés. Había dormido muy poco en la última semana.

Cuando le devolvió el libro de registro, ella leyó lo que había puesto.

–Es una dirección en Dallas. ¿Dónde tiene su domicilio, en Dallas o en Verity?

–Paso la mayor parte del tiempo trabajando en Dallas, y además tengo un rancho al oeste de Texas. La ciudad más cercana es Verity –aclaró él.

–Así que la ganadería es un pasatiempo.

–Sí, al menos por ahora. Algún día me iré a vivir al rancho y dejaré que otra persona se ocupe del negocio de los hoteles por mí. Voy al rancho siempre que tengo ocasión, algo que no ocurre con la frecuencia que me gustaría –admitió.

Poca gente sabía cuánto lamentaba no dedicarse más al rancho y se preguntó por qué se lo estaba contando a aquella desconocida.

–Este es el programa de mañana. Normalmente el desayuno se sirve entre las siete y media y las nueve, pero como nadie podrá salir de aquí mañana, lo serviremos de ocho a nueve y media.

–Gracias, me parece bien la hora.

–Volveré con los demás, a menos que quiera preguntarme algo –dijo ella alzando la vista.

–No, gracias, iré con usted.

–Hemos estado cantando y tocando el piano.

Entraron en un gran salón que abarcaba casi toda la longitud del lado este de la casa, amueblado con piezas de arce y con el suelo de madera cubierto con algunas alfombras. La chimenea estaba encendida, dándole un ambiente aún más acogedor a la estancia.

–Estábamos esperando. Cantemos un poco más –dijo alguien.

–Amigos, tenemos otro huésped: Josh Calhoun, de Dallas –anunció Abby mirándolo sonriente.

Él correspondió a la presentación con una inclinación de cabeza y saludó con la mano. Los demás saludaron mientras Abby atravesaba el salón hasta el banco del piano. Luego, tocó una canción que Josh solía oírle a su abuela y se sorprendió al descubrir que todavía la recordaba, cantándola con los demás.

Mientras cantaban, la observó tocar el piano. No era su tipo y no acababa de entender el interés que le despertaba. Era discreta, con el pelo recogido en una sencilla coleta, y no llevaba maquillaje. Se encargaba de una posada en un pequeño pueblo al oeste de Texas.

Miró por la ventana. Era una bonita escena invernal, pero habría preferido estar volando de vuelta a casa. Se acomodó en su asiento y cantó con los demás mientras reparaba en que hacía años que no pasaba una noche como esa, así que empezó a relajarse y a disfrutar.

Media hora más tarde, Abby se giró en el banco del piano y saludó con una inclinación.

–Aquí acaba el recital de esta noche. ¿Alguien quiere un chocolate caliente? El señor Julius se encargará de la película. Quien quiera chocolate, solo tiene que ir a la cocina.

Se marchó y los demás la siguieron. Josh se quedó solo en el salón. Apagó todas las luces excepto una, y volvió a sentarse. Estiró las piernas y se reclinó hacia atrás para seguir contemplando la nieve. Unas ascuas relucían entre las cenizas del fuego agonizante.

Se colocó las manos detrás de la cabeza. Aquella noche no iba a poder hacer nada ni ir a ningún sitio, y probablemente tampoco al día siguiente. Una sensación de paz lo invadió. Era como si dispusiera de unas vacaciones inesperadas.

–¿No quiere chocolate caliente?

Se dio la vuelta y vio a Abby entrando en la habitación. Fue a ponerse de pie, pero ella le hizo una señal para que siguiera sentado.

–No, gracias. Estoy disfrutando de la tranquilidad y de la tormenta desde aquí. Voy a tomármelo como unas merecidas vacaciones.

–Es una buena manera de tomárselo. A esta hora suelo dejar que el fuego se apague solo. ¿Va a estar aquí mucho tiempo más? –preguntó ella.

–Estoy bien, deje que se apague. Apagaré la luz cuando me vaya. Si no va a ver la película, puede sentarse y acompañarme.

–Gracias, aprovecharé mientras pueda. El señor Julius sabe cómo poner la película.

–El taxista me ha dicho que es soltera. Esta casa es muy grande para llevarla sola.

–No estoy sola y tutéame, por favor –replicó, sentándose en una mecedora–. Tengo un hermano y una hermana que viven cerca, y mi abuela pasa temporadas aquí. Siempre que lo necesito le pido consejo porque antes llevaba este sitio.

—¿Así que sois tres hermanos?

—Así es. Yo soy la mayor. Me sigue mi hermano Justin, de veinte años, y que está en su segundo año de universidad gracias a una beca. Ayuda en la posada y vive con mi madre. Arden, la pequeña, tiene diecisiete años y está en su penúltimo año de instituto. También trabaja aquí y vive en casa. ¿Qué me dices de ti?

—Tengo dos hermanos y una hermana. Esta es una posada grande. Me sorprende que no haya más gente que la que me has presentado antes.

—En el tercer piso están los residentes permanentes. Mi abuela vive aquí la mitad del año y dos tías abuelas pasan temporadas. También está el señor Hickman, que es mayor y tiene la familia en Dallas. Sus hijos se ocupan ahora del negocio que tenía. Le han pedido que se vaya a vivir con ellos, pero se crió aquí y volvió cuando se jubiló y su mujer todavía vivía. Supongo que fue ella la que quiso volver a Beckett porque todavía tenía familiares. Su esposa era la mejor amiga de mi abuela y por eso vive aquí. Está un poco sordo, pero por lo demás está muy bien. Hay un ascensor para ellos, así que no usan la escalera. Mis tías y mi abuela no están ahora. Han ido a visitar a unos familiares.

—¿Tienes que cuidar de todos ellos?

—No. Tengo una furgoneta y, cuando les hace falta algo, los llevo al pueblo. Mis hermanos también se ocupan de llevarles a cortarse el pelo y a ese tipo de cosas. Necesitan tener a alguien cerca, eso es todo. Las familias de mis tías abuelas viven repartidas en las dos costas. No quieren mudarse, pero quizá algún día tengan que hacerlo.

—Es muy encomiable de tu parte tenerlas viviendo aquí. Eres muy joven para estar atada a un negocio así.

—Tengo veinticinco años —dijo ella sonriendo.

—Es mucha responsabilidad —observó.

El atuendo le ocultaba la figura, aunque el cuello en pico de su jersey dejaba adivinar unas curvas. Además, a pesar de las botas, se adivinaba que sus piernas eran largas.

—Es divertido y conozco gente interesante. Vivo en mi pueblo natal y, de hecho, trabajo desde casa.

—Para algunos, trabajar en su lugar de nacimiento no es una ventaja —dijo, pensando en que no conocía a ninguna mujer con una vida tan sencilla.

—No tengo ninguna duda de que para mí lo es. Nunca he salido de Texas y lo más lejos que he estado ha sido Dallas, Wichita Falls o al sur de San Antonio. No quiero ir a ninguna parte. A todos los que quiero están aquí.

Josh sonrió, pensando en todos sus viajes.

—Eres muy hogareña.

—Mucho. Sospecho que tú no. Pareces un hombre muy ocupado. ¿Estás casado, Josh?

—No, estoy soltero, y en este momento de mi vida no quiero ningún compromiso. Viajo mucho y me encanta mi trabajo. En el fondo soy ganadero y vine a Beckett a interesarme por un caballo.

Los enormes ojos azules de Abby se quedaron mirándolo.

–Te gustan dos cosas completamente diferentes: la ganadería y el mundo empresarial –comentó ella–. ¿Tu familia vive cerca?

–Mis hermanos aquí en Texas, pero mis padres se fueron a vivir a California. ¿Tus padres viven en la casa de al lado?

–Mamá sí. Se divorciaron. Se llama Nell Donovan, es peluquera y tiene la peluquería en su casa. Su historia es conocida en el pueblo. Mi padre se fue con una mujer más joven que conoció en sus viajes de negocios. Solía viajar mucho. Yo tenía entonces catorce años.

–Lamento que dejara a tu madre y a tu familia.

–Apenas lo veíamos por su trabajo.

–Y aparte de la posada y la familia, ¿qué te gusta hacer?

–Cuidar del jardín, nadar… Me gustaría tener una piscina aquí, pero de momento, no ha podido ser. También me gustan los niños pequeños. Una vez a la semana, voy a la biblioteca a leer cuentos a niños de preescolar. También me gusta ir al cine y jugar al tenis.

De nuevo le asaltó la idea de invitarla a cenar cuando pasara la tormenta y se derritiera la nieve. Pero enseguida la descartó. Seguramente sería de la clase de mujer que se lo tomaba todo en serio. Suspiró y volvió a contemplar el fuego, tratando de olvidar que la tenía sentada tan cerca.

–¿Hay alguien en tu vida?

–Más o menos –respondió ella sonriendo–. Nos criamos juntos y nos gustan las mismas cosas, así que de vez en cuando salimos juntos. Siempre he pensado que acabaríamos casándonos, pero nunca hablamos de eso. Ninguno de los dos tiene prisa.

–No parece que sea algo serio –dijo Josh, preguntándose qué clase de hombre se contentaría con una relación así.

–Somos muy parecidos. Él no quiere vivir en otro sitio que no sea Beckett y yo tampoco. Llevamos vidas muy organizadas. Es contable y los dos estamos muy ocupados, así de simple.

Se quedaron en silencio. Josh se preguntó si se seguiría acordando de ella en unos meses.

–Espero que nadie más aparezca en tu puerta buscando refugio –dijo él al cabo de un rato–. Tengo dos mantas y me sentiría obligado a dejarle una y hacerle sitio en el suelo de la habitación que me has dejado.

–He apagado la luz del porche y no puedo admitir a nadie más. Por la mañana, tendré que cocinar para treinta y cinco personas. De algunos alimentos ya no tenemos suficiente y mis hermanos están de viaje, así que no cuento con ayuda.

–Te ayudaré a preparar el desayuno –se ofreció Josh, sin pensárselo dos veces.

–Gracias –dijo sonriendo–. No tienes pinta de pasar muchas horas en la cocina.

–Soy un hombre con muchos talentos –bromeó–. Sé cocinar. De pequeño, cuando salíamos de acampada, cocinaba. Alguna vez, en casa, también lo hago, pero rara vez, lo admito. Puedo ayudar a servir y esa clase de cosas.

–Ten cuidado no vaya a ser que acepte tu ofrecimiento.

–Lo digo en serio, te ayudaré –aseveró–. ¿A qué hora empezarás a cocinar?

–Alrededor de las seis, pero no hace falta que te levantes tan temprano.

–A esa hora suelo estar ya levantado. Pondré la alarma de mi teléfono –dijo sacándolo del bolsillo–. No he tenido ninguna llamada desde que llegué.

Aquello era toda una novedad en su vida, como tantas otras cosas de aquella noche.

–No es normal que te llamen a estas horas de la noche.

–A veces sí. Lo raro es que no llame nadie –dijo guardándose otra vez el teléfono–. Es como si estuviera de vacaciones. Sígueme hablando de tu familia.

Se acomodó en su asiento y siguió escuchándola mientras el fuego se apagaba. Pasaba de la una de la madrugada cuando ella se levantó.

–Tengo que irme a dormir. No queda mucho para las seis.

Juntos caminaron hasta la puerta de la habitación en la que él iba a pasar la noche.

–Te veré a las seis. Gracias de nuevo por darme alojamiento.

–Gracias por ofrecerte a ayudarme. Buenas noches, Josh.

–Buenas noches –contestó él con voz grave, mirándola a los ojos.

Todavía sorprendido por la reacción que le provocaba, se giró hacia la puerta.

Luego, la vio alejarse por el pasillo. No había nada en ella para que el corazón se le hubiese acelerado, pero así era. Seguía deseando tenerla entre los brazos y besarla antes de abandonar Beckett para siempre. Lo que hacía que el corazón se le acelerara todavía más eran las reacciones que había observado en ella, como sus pupilas dilatadas o sus silencios, y eso le hacía suponer que ella también había sentido algo. No quería dejarlo pasar sin hacer algo para satisfacer su curiosidad.

Segura de que Josh la estaba mirando, Abby sintió en un escalofrío en la espalda mientras se dirigía a la puerta. ¿Qué era lo que tenía aquel hombre que hacía que se quedara sin aliento y que el pulso se le acelerase? No había sentido nada así por nadie.

Mientras se ponía el pijama de franela, no dejó de mirar la puerta que la separaba de Josh. No podía evitar que su cercanía la afectara. Sonrió al recordar su ofrecimiento para ayudarla con el desayuno. Parecía un hombre rico y pudiente. Seguramente tenía gente trabajando para él que se ocupaba de las tareas diarias. No esperaba que apareciera para ayudarla.

Capítulo Dos

Lo primero que hizo Abby al levantarse fue ponerse la bata y las zapatillas y acercarse a la ventana para mirar fuera. El viento seguía ululando, abrió las cortinas y se quedó contemplando la nieve que caía. Suponía más trabajo, pero nunca le faltaba. Era el tercer fin de semana de marzo y rara vez nevaba tan tarde. Con tanta nieve, nadie dejaría la posada y sus hermanos no podrían volver a casa, así que tenía un día intenso por delante.

Dirigió la vista hacia la puerta que daba a su cuarto de estar y se preguntó cómo habría pasado la noche Josh en el pequeño sofá. Luego se fijó en la hora y se dio prisa en meterse en la ducha.

Tardó un rato en decidir qué ponerse, y finalmente eligió unos vaqueros gastados, un jersey verde y unas botas de ante. Le había dicho a Josh que a las seis, pero se fue a la cocina media hora antes para empezar con los preparativos a solas.

A las seis en punto oyó sus pisadas sobre el suelo de madera y el pulso se le aceleró.

–Buenos días –dijo Josh, con una animada sonrisa–. O al menos, feliz mañana nevada.

Llevaba un jersey azul marino, unos vaqueros y unas botas, y parecía un cowboy de anuncio.

–Lo siento. Creo que seguirás aquí atrapado. ¿Has podido dormir algo en ese sofá tan pequeño?

–Sí. Estoy muy agradecido de no haber tenido que dormir en el suelo del vestíbulo del único hotel del pueblo. ¿Qué puedo hacer para ayudar? Parece que llevas levantada un rato. ¿Qué te parece si voy lavando algunas de esas cacerolas?

–Perfecto –dijo, sorprendida de que eligiera esa tarea–. Estoy preparando una *quiche* para desayunar. La masa de las galletas está subiendo. Enseguida me ocuparé de la fruta y el café. La mesa está puesta. Ya tenemos casi todo listo.

–Querrás decir que ya lo tienes casi todo listo. Lo has hecho sola y sin ayuda. Algún día te convertirás en una gran esposa –dijo sonriendo mientras atravesaba la cocina.

–¿Estás interesado? –bromeó ella.

Estaba pasando a su lado cuando se detuvo y la miró. Se quedó cerca y Abby deseó poder retirar aquel comentario.

–Si estuviera buscando una esposa, me gustaría saber qué otros atributos tienes aparte de ser trabajadora, generosa y divertida. Aunque no busque esposa, también puede ser interesante descubrirlos.

Los ojos le brillaron divertidos, y ella sintió un nudo en el estómago.

–Debería haber seguido hablando de lo que hay que hacer –susurró ella–. No suelo bromear con los huéspedes de esa manera.

–¿Te refieres a flirtear así con los huéspedes? –comentó divertido.

Ella sintió que se sonrojaba.

–Ahora sí que quiero averiguarlo –dijo él poniéndose serio.

–No, no quieres. Es imposible que te interese. Llevo una vida tranquila, sin sobresaltos, sin que el mundo exterior interfiera, sin…

Se detuvo y se quedó mirándolo.

–¿Sin qué? –preguntó él acercándose, buscándola con la mirada.

–No esperes que conteste a eso. Es culpa mía que estemos hablando de este tema. Sigamos preparando el desayuno.

–Es un tema interesante –observó, acorralándola contra el mostrador y acercándose.

Sus ojos eran marrón oscuro y llevaba su pelo moreno perfectamente peinado. Estaba recién afeitado y olía a loción de afeitar.

–Josh, quizá debería ocuparme yo sola del desayuno.

–¿Te importuno?

–Me llevas importunando desde que anoche llamaste a mi puerta a las diez –respondió ella bruscamente–. Tengo que seguir haciendo el desayuno antes de que se me queme algo.

Josh sonrió.

–Mi mañana ha empezado mejor de lo que nunca habría imaginado –replicó él tranquilamente, y dejó caer las manos, apartándose.

Ella pasó a su lado y se dirigió al comedor. Abrió un cajón del aparador y sacó dos cucharas de servir. Se movía sin pensar en lo que hacía en un intento de que su corazón le volviera al ritmo normal.

Por un momento había creído que iba a besarla. No debería quedarse a solas con él a la vista de la sensación que le provocaba. No debía distraerse de su rutina habitual, y menos aún por un seductor como Josh, un hombre cuya única razón para estar en Beckett era una tormenta. Era como su padre: encantador, viajero, el hombre de negocios que no sabía estar quieto en ningún sitio ni ser fiel. Se estremeció y siguió con sus tareas.

Cuando el tiempo lo permitiera, Josh se marcharía y no volvería. No debía hacerse ilusiones con alguien que no volvería a recordar Beckett ni a nadie de allí.

Volvió a la cocina y se encontró a Josh delante del fregadero lleno de agua jabonosa, con las mangas subidas y el reloj en el alféizar, lavando las cacerolas. Sorprendida de que se estuviera dedicando a una labor tan tediosa, se concentró en preparar el desayuno para olvidarse de él y de la sensación que le provocaba cuando lo tenía cerca. Pero no lo consiguió.

Aunque todavía era pronto para desayunar, oyó ruidos en el vestíbulo. Su inquilino, el señor Hickman, entró en la cocina sonriente.

–Buenos días, Abby. Estás más guapa que nunca.

–Buenos días, señor Hickman. Gracias. ¿Necesita algo?

–La nieve me ha dado hambre. ¿Podría tomar un huevo escalfado y una tostada francesa?

–Se lo prepararé. Puede sentarse aquí a comérselo.

–He traído el periódico de ayer porque supongo que el de hoy no lo traerán.

–Yo tampoco lo creo. Josh, el último huésped que llegó anoche, me está ayudando. Puede comer aquí con usted y hacerle compañía –dijo justo en el momento en que Josh se giró, secándose las manos–. Josh, quiero presentarte al señor Hickman. Señor Hickman, este es Josh Calhoun, de Verity y Dallas. Llegó anoche.

–Encantado, señor Hickman –dijo Josh, y saludó al anciano estrechándole la mano.

–Desayune conmigo, joven.

–El señor Hickman va a tomar un huevo escalfado y una tostada francesa –dijo Abby a Josh–. ¿Te apetece lo mismo?

–He visto cómo preparabas esa *quiche* y los panecillos. Me gustaría probarlos, si hay suficientes.

–Hay para todos. Traeré zumo y café para los dos.

–Sigue haciendo lo que tengas que hacer –dijo Josh–, y yo me haré cargo de lo nuestro. Si necesitas ayuda para servir el desayuno, cuenta conmigo.

–Gracias –replicó, sorprendida de nuevo por su predisposición.

Eran más de las ocho y en cualquier momento aparecerían los demás para desayunar, así que se dio prisa en tener todo listo y preparó el huevo y la tostada para el señor Hickman. Se preguntó si a Josh le importaría desayunar con él, pero al cabo de unos minutos los oyó conversando. Parecían estar disfrutando de su mutua compañía. Sabía que el señor Hickman estaría contento porque pasaba muchas horas sin hablar con nadie.

Cuando los primeros huéspedes bajaron a desayunar, Abby puso la *quiche* en una fuente y Josh se lo quitó de las manos.

–Déjame a mí. Tú encárgate de servir los platos o de cualquier otra cosa. Llevaré todo al comedor. Trabajé de camarero en la universidad. Le he dicho al señor Hickman que volvería en un rato y se ha quedado leyendo el periódico.

–Ha sido muy amable de tu parte haber desayunado con él.

–Me recuerda a mi abuelo. Me cae bien el señor Hickman.

Sintió que el corazón se le encogía. Había pensado que Josh se negaría a comer en la cocina con el anciano, sin embargo, había accedido gustosamente y se sentía más atraída por él.

Abby le dio unos platos y fue a servir más. Se preguntó sobre su vida y si habría necesitado servir mesas para pagarse los estudios de la universidad.

Enseguida estuvo demasiado ocupada con los huéspedes como para pensar en Josh. Al cabo de un rato, el comedor se quedó vacío y el señor Hickman se marchó al salón a seguir leyendo el periódico.

–Ahora voy a desayunar yo –le dijo Abby a Josh, sirviéndose–. ¿Necesitas algo más?

Él se levantó para servirse otra taza de café.

–No te preocupes. Si quiero algo, me las arreglaré solo. Avísame cuando te siente y me quedaré contigo para hacerte compañía.

Josh se fue al comedor, volvió con los platos sucios y los dejó en el fregadero. Cuando Abby se dispuso a desayunar, él tomó su taza de café y se sentó frente a ella.

–¿De qué has hablado con el señor Hickman?

–Es un hombre muy interesante. Le gusta pescar y me ha contado la vez que pescó una gran trucha.

–Así que además de tus negocios y tu rancho, tienes tiempo de pescar.

–No tanto como me gustaría.

–Quizá esta nevada te haya venido bien para descansar un poco de tanto trabajo y disfrutar de la vida.

–Sé muy bien cómo disfrutar de la vida –dijo mirándola con picardía.

–Relájate, Josh, y disfruta de la nevada. Estaría tan perdida en tu mundo como lo estás en el mío.

–¿Te gusta bailar?

–Me encanta, pero no lo hago muy a menudo. No salgo demasiado. Si salgo, lo hago con Lamont Nealey, a quien conozco desde siempre. Es el amigo del que te hablé. Cuando quedamos, hacemos cosas como ir al cine.

–Crees que estoy desaprovechando la vida y yo pienso lo mismo de ti. A la vez, creo que tenemos algo en común y que vemos la vida de la misma forma. Eres tan familiar como yo –sentenció Josh.

–Pues háblame de tu familia.

Él alargó la mano por encima de la mesa y la tomó de la muñeca.

–Así que prefieres que cambiemos de tema. ¡Cobarde! –exclamó él divertido–. Lo dejaré pasar por ahora, pero ya volveremos a tratar este asunto.

–Creo que no has visto el cartel que prohíbe a los huéspedes pueden flirtear con el personal –dijo ella sonriendo.

–Aunque lo hubiera visto, no le habría hecho caso, especialmente cuando el personal reacciona como lo estás haciendo tú –comentó, y le apretó la muñeca–. Se te está acelerando el pulso.

–Eso no significa nada –dijo ella, alterada bajo su mirada escrutadora.

–No de donde yo vengo. ¿Quieres que te explique lo que significa?

–No. Háblame de tu familia o me iré con los demás invitados al salón.

Con una sonrisa fingida, Josh se irguió en su asiento.

–Tengo tres hermanos. Dos mayores, Mike y Jake, y la pequeña, Lindsay.

Le escuchó atentamente hablar de su familia, pero seguía sabiendo poco de él. Por lo que le había dicho la noche anterior, sospechaba que mucha gente de Texas sabía quién era. Suponía que era conocido por ser un poderoso hombre de negocios y por pertenecer a la alta sociedad.

Un huésped que llegó tarde para desayunar los interrumpió. Josh aprovechó para servirse otro café. Después, estuvo ocupado ayudándola en todo lo que pudo. La hora del desayuno terminó y a las diez y cuarto la cocina quedó recogida.

–Josh, muchas gracias –dijo ella–. Ahora podré descansar un rato antes de comer. Con esta nevada, nadie podrá salir a comer fuera.

–Le estoy tomando el tranquillo a esto. Te echaré una mano con la comida.

Aquello le sorprendió.

–Será un descanso breve. Vuelve en un rato y nos podremos manos a la obra.

–Claro –dijo él y, metiéndose las manos en los bolsillo, salió de la cocina.

Al verla pasar por la biblioteca, el señor Hickman bajó el periódico y le hizo una seña para que entrara.

–Quizá deberías cerrar la puerta –dijo misterioso–. ¿Has oído hablar de Josh Calhoun o de su compañía?

–Sé poco de él. Me ha contado que es el dueño de los hoteles Calhoun y que le gustaría ser ganadero –contestó–. En cuanto abran las carreteras se marchará y no volveremos a verlo nunca.

–Ah, no. Va a volver para pescar conmigo.

–Eso espero, pero está muy ocupado con su trabajo.

El señor Hickman frunció el ceño y fijó su mirada azul en la distancia.

–Me ha hecho algunas preguntas sobre ti. Es un joven muy agradable, y parece que sabe mucho de pesca. Me cae bien.

–Eso es bueno, porque va a pasar aquí unos días.

–Si fuera Josh Calhoun, te invitaría a cenar –susurró.

–Creo que Josh tiene novia –replicó ella susurrando también.

No sabía si era así o no, pero quería que el señor Hickman dejara de insistir en el tema.

–Lástima. Parece un buen tipo.

–Señor Hickman, también le cae bien Lamont. Es con quien salgo a veces.

–Si yo fuera Lamont, no dejaría pasar dos o tres meses entre citas. Si hubiera hecho eso, nunca habría conquistado a mi Barbara.

Ella sonrió y le dio una palmada en la mano.

–Lamont es agradable y nos llevamos bien. Eso es lo más importante.

–Lamont es mi contable y tú eres mi casera. Sinceramente, creo que no sois tan parecidos como piensas.

–Deje de hacer de casamentero, señor Hickman. Lo paso bien con Lamont –dijo, y sonrió–. Ahora me voy a mi habitación. ¿Va a subir?

–No, voy a leer el periódico de ayer. Deja la puerta abierta cuando te vayas.

Abby salió de la biblioteca sonriendo, pero al mirar la puerta cerrada que separaba su dormitorio del cuarto de estar en el que Josh había dormido, su sonrisa desapareció. En aquel momento estaba al otro lado de la puerta. ¿Qué estaría haciendo? Recordó lo que le había dicho el señor

Hickman. Miró la puerta y pensó en cómo Josh había flirteado con ella y en lo bien que lo habían pasado juntos aquella mañana. Su relación con Lamont carecía de aquella electricidad que había entre Josh y ella. Lamont era un viejo amigo y entre ellos no había flirteo ni diversión.

¿De veras era tan feliz con Lamont? ¿Se casarían alguna vez o seguirían siendo amigos de por vida? ¿Qué era lo que quería? Nunca antes se había cuestionado su relación con él.

Siempre tenía en mente a sus padres. No quería sufrir de la misma manera que su madre había sufrido cuando su padre los abandonó. Sacudió la cabeza como si así pudiera sacarse a Josh de la cabeza. Lamont era la clase de hombre que necesitaba en su vida. Era formal, coherente y responsable, cualidades ideales para una vida gratificante.

Por un instante recordó a su padre, quien solía hacerle reír y añadir magia a su mundo. Después de tantos años, todavía sentía un gran dolor al recordar su marcha repentina.

Se acercó al ordenador, buscó información acerca de los hoteles Calhoun y leyó sobre el negocio de Josh, pero poco encontró sobre él.

Cuando volvió a la cocina para empezar a preparar la comida, se sorprendió al descubrir que Josh ya había puesto la mesa y que estaba llenando una jarra con agua.

–Agradezco tu ayuda, pero no tienes por qué hacerlo. Estás pagando por el alojamiento, así que haz algo que te apetezca –dijo ella.

Él negó con la cabeza y sonrió.

–No me importa. Además, así estoy ocupado y no pienso en todo el trabajo que se estará acumulando en mi despacho –dijo mirando hacia la ventana–. Por fin ha parado de nevar.

–Antes de bajar consultaré la previsión del tiempo. Quizá vuelva a nevar de madrugada.

–En cuanto abran las carreteras, alquilaré un coche y conduciré de vuelta a casa. Puedo alquilar un coche en Beckett, ¿verdad?

–Por supuesto. Hay una agencia de alquiler de coches en el aeropuerto, pero no creo que puedas salir mañana ni pasado mañana.

–Yo tampoco lo creo.

–Esta mañana has sido muy amable con el señor Hickman –dijo mirándolo–. Ha disfrutado mucho charlando contigo.

–Edwin Hickman es un tipo interesante y yo también he disfrutado la charla. Me ha estado contando de Lamont Nealey.

–No hagas caso a lo que el señor Hickman diga de Lamont.

–Me ha contado que te invita a salir una vez cada tres meses y que piensas que acabarás casándote con él algún día.

–El señor Hickman exagera y mezcla las cosas. Lamont y yo salimos cuando queremos. Salir de vez en cuando es bueno y hace que sea especial.

Realmente no lo sentía como algo especial, tan solo un cambio en su rutina para ir a ver alguna película.

–Es posible que algún día acabe casándome con Lamont –continuó Abby–. Nos llevamos bien, nos conocemos de siempre y es el hombre perfecto. Se crió aquí, trabaja aquí y no quiere marcharse. En eso coincide conmigo. ¿Cuántos hombres pensarían así?

–¿Has oído alguna vez el dicho de que los polos opuestos se atraen? –preguntó Josh con una vaga sonrisa.

–Conozco el dicho, pero no forma parte de mi vida. Lamont es el hombre ideal para mí. Tiene gustos sencillos, no quiere marcharse de Beckett y está muy unido a su familia, que en su caso la forman su madre y una tía casada. Somos muy parecidos, nos conocemos desde que éramos niños y ninguno de los dos tiene prisa por casarse. Eso es todo lo que quiero.

–Eres muy fácil de complacer, más que ninguna otra mujer que haya conocido.

–Estoy segura de que no me parezco a ninguna otra mujer que conozcas –dijo ella sonriéndole–. Sé que no eres capaz de imaginar una vida tan sencilla como la de Lamont y la mía, pero es lo que conozco y me gusta. Mi madre entra en esa categoría de que los polos opuestos la atraen. Mi padre era un representante de ventas encantador. Era fascinante, pero poco de fiar y, después de tener tres hijos con mi madre, la dejó por otra mujer que había conocido en California. Le rompió el corazón. No me gusta recordarlo. Fue muy triste para todos nosotros.

–Eso no quiere decir que todos los hombres con una personalidad como la de tu padre sean infieles.

–No lo sé. Tengo entendido que ahora está casado con su cuarta esposa. No quiero a alguien así en mi vida. ¿Qué me dices de ti, Josh? Estás soltero. Dudo mucho que estés buscando tu polo opuesto –comentó divertida–. Creo que te aburrirías.

–Supongo que tienes razón –replicó él sonriendo–. Ahora mismo, no estoy preparado para atarme a nadie. Tú estás atada a esta posada veinticuatro horas al día. Trabajas más que yo, y ya es decir.

–Para mí no es un trabajo. Disfruto de la gente y de llevar la posada. Disfruto de mi familia y del señor Hickman, de tía Trudy y de tía Millie.

–Bueno, se te da bien lo que haces y te estaré eternamente agradecido por haberme dado cobijo.

–Será mejor que me ponga manos a la obra. Antes de que nos demos cuenta, será hora de comer.

Mientras se alejaba, sintió un escalofrío en la espalda. Evitó mirar para atrás, pero estaba segura de que Josh la estaba observando. ¿Qué estaría pensando?

Además de los sándwiches que Josh le ayudó a hacer para la comida, también preparó una sopa de verdura, una ensalada y una variedad de postres que incluían tartas de limón y de chocolate, yogures y galletas.

Mientras se afanaba, no pudo ignorar la atracción que sentía por él. Había pensado que disminuiría en cuanto se acostumbrara a tenerlo cerca, ayudándola, pero no había sido así. Más bien al contrario. No había podido dejar de prestar atención a todo lo que hacía.

Durante la comida, intentó no hacer caso al cosquilleo que sentía en su interior. Luego, estuvieron charlando más de una hora mientras tomaban café. Más tarde, Josh la ayudó a preparar la cena, pelando patatas mientras ella se ocupaba del asado. Después de dejarlo todo recogido, se sentaron a tomar un refresco. El delicioso aroma del asado y las patatas invadía la cocina.

–Has sido de gran ayuda. Te echaré de menos cuando te vayas.

–No, no es cierto.

Un reloj sobre la chimenea dio la hora.

–Vaya, tengo que revisar el correo electrónico antes de cenar. A partir de las cinco suelen bajar para tomar un aperitivo.

Se volvió para dejar el vaso en el fregadero y a punto estuvo de chocarse con él.

–Lo siento –se disculpó Abby.

–Ve con cuidado. Te ayudaré a servir la cena y los aperitivos. ¿Dónde guardas las copas?

–Hay un pequeño bar en el cuarto de estar. Por esa puerta. Normalmente nos reunimos ahí porque es más grande, pero anoche estuvimos en el salón para tocar el piano. Me daré prisa y en unos veinte minutos estaré de vuelta en la cocina.

Josh dejó su vaso en el fregadero y subió con

ella a la habitación. Se separaron en la puerta y Abby se dio prisa en entrar. Habían estado juntos todo el día y el tiempo había pasado volando. Le gustaba estar con él a pesar de que no dejaba de sentirse desconcertada. Estaba deseando volver a su lado.

Se duchó y se puso otro jersey grueso, esta vez rosa, los vaqueros y las botas de ante. Luego, se recogió el pelo en una coleta.

Con un entusiasmo inusual, Abby se fue a la cocina a ver cómo iba la cena y a poner la mesa. Josh ya estaba allí con un jersey oscuro, unos chinos y sus botas. Llevaba perfectamente peinado su pelo moreno. No se había afeitado y la sombra de la barba le daba un aspecto duro que aumentaba su atractivo. Estaba tan guapo que tuvo que resistirse para no quedarse mirándolo. Una vez más, Josh fue de gran ayuda, poniendo la mesa del comedor sin que se lo pidiera.

Cuando los primeros huéspedes bajaron, Josh fue a servirles las bebidas. Estuvo ocupada durante la cena y después, recogiendo la cocina. Josh se unió a los demás cinco minutos antes que ella. Al ir a entrar en el amplio cuarto de estar, vio a través de la puerta abierta a algunos de los hombres jugando al billar. Las niñas más pequeñas estaban sentadas en la mesa dibujando. Otros niños estaban haciendo un puzle y dos adolescentes jugaban con sus teléfonos móviles. Miró el fuego que Josh había encendido antes de la cena y vio que estaba a punto de consumirse.

Atravesó la habitación y se detuvo al lado de Josh, que jugaba a las cartas con el señor Hickman en una mesa.

–¿Podemos cambiar puestos un momento para que traigas leña y no se apague el fuego?

–Claro –contestó Josh poniéndose de pie–. Es su turno, señor Hickman.

–Lo sé –replicó el anciano sin levantar la cabeza.

Abby sonrió a Josh, que estaba a escasos centímetros de ella. Confiaba en que no se diera cuenta del efecto que le provocaba su presencia.

–La leña está fuera, apilada bajo esa ventana. Puedes salir por la cocina. Gracias.

Abby ocupó el asiento de Josh. Jugaron varias partidas antes de que Josh volviera con unos troncos.

–Amigos, hay una enorme luna llena saliendo por el este –anunció, recorriendo con la mirada el salón–. Se está muy bien fuera –añadió mirando a Abby, y fue a dejar la leña–. Salgamos y encendamos una hoguera.

–Señor Hickman, ¿quiere venir a ver la luna? –preguntó ella.

–Claro. Iré a por mi abrigo. Se supone que esta noche estamos a diez grados bajo cero.

–¿Quiere que suba a buscarlo por usted? –se ofreció Josh.

–Está aquí abajo, en el armario del vestíbulo –contestó el anciano–. Muchas gracias de todas formas.

Una vez que el anciano se hubo puesto el abrigo, Abby sacó el suyo del armario de la entrada y Josh le ayudó a ponérselo.

–¿Está listo, señor Hickman?

–Listo –contestó.

Abby lo tomó del brazo, mientras Josh se colocaba al otro lado del viejo. Salieron al porche. Los demás huéspedes estaban allí congregados, algunos apiñados porque no se habían molestado en ponerse el abrigo. Estaban fascinados ante aquella imagen invernal. El viento había cesado y la nieve había dejado de caer. Hacía una noche despejada y fría, y en el horizonte brillaba una luna enorme.

–Un momento –dijo Abby soltando el brazo del señor Hickman, y se colocó a un lado del grupo–. Amigos, en Texas existe una antigua leyenda sobre la luna. Si se acercan hasta donde estoy verán dos robles en el jardín con las ramas entrelazadas –explicó, y esperó a que se acercaran a ella–. A veces, la luz de la luna llena crea bajo esos árboles una sombra con forma de corazón. La leyenda dice que si dos personas se besan en esa sombra, se amarán el resto de sus vidas. Si quieren ver la sombra, tienen que mirar desde esta parte del porche.

–¿Alguna vez se ha hecho realidad la leyenda? –preguntó uno de los huéspedes.

–Por supuesto –contestó Abby–. Sin ir más lejos mis abuelos. Mi abuelo murió siendo muy joven, así que su matrimonio con mi abuela fue muy breve. Ella siempre lo amó y nunca volvió a casarse.

La gente se volvió para mirar cómo la sombra crecía gradualmente.

–¿Alguna vez la han besado bajo esa sombra? –preguntó una voz grave al lado de Abby.

Se giró para mirar a Josh, aliviada de que estuviera oscuro y no pudiera advertirse su rubor.

–No, nunca. Miren, creo que la sombra se está formando –anunció, señalando unas formas oscuras sobre la nieve.

Todos se quedaron en silencio, paralizados. Cuando la sombra en forma de corazón se hizo visible, hubo un suspiro general. La gente empezó a hacer comentarios y a hacer fotos con los teléfonos. Una pareja bajó los escalones del porche y fue a besarse bajo la sombra. Dos parejas más hicieron lo mismo, y los niños rieron. Alguien incluso silbó.

–No podemos dejar escapar esta oportunidad –dijo él, tirando de su mano para bajar los escalones.

–Josh…

–Es solo un beso –la interrumpió, apresurándose a colocarse en la sombra, y la atrajo hacia él.

–Esto es absurdo –comentó ella sonriendo, sintiendo que sus latidos se aceleraban–. Apenas nos conocemos. Es tentar a la suerte. Puede que incluso ni nos caigamos bien…

–Ya lo averiguaremos.

La rodeó con los brazos y bajó la cabeza para besarla. Sus labios rozaron los suyos.

Sorprendida y excitada, con la guardia bajada, pensó que aquel beso era la locura más grande que le había pasado en su vida. Entonces, dejó de pensar y se dejó llevar. Sintió que le hervía la sangre. No podía respirar. Se olvidó del frío, de la nieve y de las personas que había a su alrededor. Aunque apenas lo conocía, solo podía pensar en su boca junto a la suya y en sus brazos rodeándola con fuerza contra su fuerte y cálido cuerpo.

Nunca antes la habían besado de aquella manera. Lo rodeó por el cuello y le devolvió el beso apasionadamente. Lo único en lo que podía pensar era en Josh y en los movimientos de su lengua, que llevaron su excitación hasta niveles que nunca antes había experimentado.

Con el beso de Josh, su mundo y su vida sufrieron un cambio tan sutil como el de las sombras vacilantes de su alrededor, pero que, de alguna manera, implicaba mayores consecuencias. Un deseo ardiente la invadía y se aferró a él, besándolo como nunca antes había besado a ningún otro hombre.

En algún momento cayó en la cuenta de dónde estaba y en lo que estaba haciendo. Con un enorme esfuerzo, se apartó. Al separarse, la gente volvió a dar palmas, a reír y a silbar. Se sintió aliviada de que estuviera oscuro, porque le ardía el rostro.

Por una vez, la eterna sonrisa de Josh no apareció. La estaba mirando fijamente.

–Nos están mirando –dijo ella–. Hace un rato que la sombra ha desaparecido.

Se dio la vuelta y Josh la tomó de la mano mientras la gente volvía a aplaudir.

–Vaya –dijo él–. Tenemos público. Disfrutemos del momento.

Abby hizo una reverencia, mientras Josh se inclinaba otra vez.

La gente se fue yendo. Los niños siguieron tirándose bolas de nieve y varios comenzaron a hacer un muñeco. Volvieron al interior acompañando al señor Hickman. Una vez dentro, se quitaron los abrigos.

—¿Quiere que acabemos la partida? —preguntó Josh al señor Hickman.

—Por supuesto. Luego me iré a la cama.

—Nos vemos luego —le dijo Josh a Abby, y se fue con el anciano.

Una huésped se detuvo para preguntarle si tomarían chocolate más tarde.

—Sí, pero si prefiere tomarlo ahora, puedo preparárselo ya.

—Sería estupendo. Iré a ayudarla.

—No hace falta. Le avisaré en cuanto esté. No se tarda tanto.

—Gracias, Abby. A todos nos encanta su chocolate casero —dijo la mujer—. Avisaré a los demás.

Abby se apresuró a la cocina y trató de concentrarse en preparar el chocolate para olvidarse del beso de Josh. No consiguió apartarlo de sus pensamientos, pero había hecho tantas veces chocolate, que era capaz de prepararlo sin necesidad de pensar.

Por fin pudo escapar a su habitación para recuperar el aliento. Tan pronto como cerró la puerta, se apoyó contra ella. Cerró los ojos y recordó el beso de Josh. ¿Por qué sentía algo tan fuerte por él cuando iba a salir de su vida con la misma rapidez con la que había entrado?

Capítulo Tres

Abby atravesó la habitación para mirarse al espejo. Debería verse diferente porque así se sentía, pero su aspecto seguía siendo el mismo. Era como si el beso de Josh, de una manera sutil, la hubiera cambiado para siempre. No tenía ni idea de que el beso de un hombre pudiera despertar un ardor así en su interior.

Por suerte, pronto se marcharía. De vez en cuando, se alojaban en la posada hombres solteros. Flirteaban con ella y le proponían citas, pero ella siempre los rechazaba. Nunca había habido nadie en particular con quien hubiera querido salir, y nunca había habido problemas en su relación con Lamont. Pero ¿estaba dejando de divertirse y desaprovechando la vida?

Había otros hombres agradables en Beckett y alrededores. Debido a las preguntas que Josh le había hecho sobre Lamont, se había dado cuenta de que el romanticismo en la relación con su viejo amigo era prácticamente inexistente. ¿Le estaría influyendo demasiado el dolor causado por su padre? Salía con Lamont porque le resultaba sencillo y conveniente.

Josh no la había invitado a salir ni esperaba que

lo hiciera. En cualquier momento recogería sus cosas y se iría, y nunca más volvería a verlo. ¿Cuánto tiempo tardaría en olvidar su beso?

¿Se vería afectada su relación con Lamont, cuyos besos estaban lejos de ser excitantes? ¿Se estaba conformando con un futuro aburrido con Lamont?

Si Josh la invitaba a salir, ¿se sentiría libre para aceptar? Por vez primera, no quería cumplir con el acuerdo implícito que había entre ellos. Impulsivamente, lo llamó al móvil.

—¿Tienes un momento para hablar, Lamont?

—Necesito un descanso, así que sí, puedo tomarme un momento.

—He estado pensando en nosotros, que deberíamos salir con otras personas. Me estoy planteando nuestra relación y…

—Abby, somos muy parecidos y por eso somos compatibles. Este no es buen momento para hacer cambios en mi vida. Creo que deberías pensártelo dos veces. Siento si te he dejado a un lado últimamente, pero no solemos vernos a finales de marzo, cuando hay tantos impuestos que presentar.

—Quiero ser libre para poder tener citas y creo que a ti también te vendría bien. Nos hemos estancado.

Se hizo un largo silencio.

—Si es lo que quieres —dijo él—. Quedemos a cenar y hablemos de ello, aunque tendrá que ser dentro de unas semanas.

—Quedemos cuando acabes con los impuestos.

–De acuerdo –dijo él, y suspiró–. Será mejor que siga trabajando. Ya hablaremos.

–Por supuesto, Lamont –replicó aliviada.

Guardó el teléfono, consciente de que acababa de dar un paso que podía implicar un gran cambio en su vida.

Respiró hondo y se dio media vuelta para volver junto a los huéspedes y asegurarse de que nadie necesitara nada. Josh y el señor Hickman acababan de terminar una partida.

–Hemos empatado –anunció el señor Hickman.

–Lo cierto es que usted ha ganado dos partidas y yo una.

–Espero que volvamos a jugar en otra ocasión –dijo el anciano poniéndose de pie–. Debería irme a la cama. Os veré en el desayuno. Lo he pasado muy bien jugando, Josh, gracias.

–De nada –contestó Josh–. Yo también lo he pasado bien. Hasta mañana.

–Buenas noches –se despidió Abby y tan pronto como el señor Hickman salió, se giró a Josh–. Hay chocolate caliente en la cocina.

–En este momento, lo que me apetece es una cerveza fría.

–Mira en la nevera –dijo ella mientras entraban en la cocina.

Sacó una cerveza, la abrió y dio un sorbo antes de dejarla en la encimera. Luego recogió los platos que habían quedado en la mesa y los llevó al fregadero.

–Iré al comedor a ver si hay platos para lavar.

Cinco minutos más tarde, con el lavavajillas funcionando, apartó una silla y se la ofreció a Abby.

–Siéntate aquí y aprovechemos la tranquilidad para charlar. Se acabaron las partidas, el piano y las películas.

Se sentó rápidamente y dio un sorbo al chocolate, consciente de que no dejaba de mirarla.

–Has sido muy amable jugando a las cartas con el señor Hickman.

–Es un hombre muy agradable. No jugaba a las cartas desde que era niño.

Ella sonrió, aliviada de no estar hablando de temas personales.

–Por cierto –continuó él–, Edwin me ha pedido que vuelva para ir a pescar con él dentro de una semana o poco más, dependiendo del tiempo. Es primavera y debería hacer bueno. La nieve se derretirá pronto.

–¿Así que vas a volver?

–Volveré a Beckett a recoger a Edwin. Le he invitado a venir de pesca a Colorado un fin de semana. Podemos quedarnos en la cabaña que tengo allí. Iremos en avión. Está bien de salud como para venir, ¿verdad?

Sorprendida de que fuera a llevar al señor Hickman a Colorado, contestó:

–Creo que sí. Está bien aunque sea mayor.

–Está entusiasmado y sabe pescar con mosca. Lo pasaremos bien. Le he pedido que pregunte a su médico acerca del cambio de altura por si de camino necesita hacer noche en algún sitio.

–Va al médico con regularidad para sus revisiones, así que no creo que hubiera aceptado si no se hubiera sentido con fuerzas. Le encanta pescar. Es un detalle muy amable por tu parte. Sinceramente, me sorprende. Nunca habría adivinado que disfrutarías con la compañía del señor Hickman.

Josh sonrió.

–Soy un hombre con muchas caras. Fíjate y te darás cuenta.

–No lo pongo en duda –replicó ella–. Aun así, me sorprende. Estoy muy impresionada.

Josh no solo era un hombre encantador, dispuesto, divertido y sexy; también era una buena persona.

–Me alegro.

Se quedaron en silencio mientras Josh daba un sorbo a su cerveza.

–¿Es cierta esa leyenda acerca de los que se besan bajo esa sombra?

–Sí, es cierta. ¿Por qué iba a inventármelo?

–Es una buena historia para un negocio. Le da un encanto especial a la posada.

Ella rio.

–No, por Dios, no me inventaría nada para atraer gente. Nunca sé si esa sombra aparecerá. Pasan años sin que la veamos. Las sombras cambian con la rotación de la tierra, así que es muy emocionante cuando ocurre.

–¿Se ha besado alguna pareja que hiciera menos de veinticuatro horas que se conociera?

–No que yo sepa.

–¿Conoces a alguien que después de besarse en esa sombra, se casara y después se separara?

–No, todos siguen casados, así que ya ves que has tentado la suerte. Pero tranquilo, no nos conocemos, así que no creo que nuestro beso tenga alguna consecuencia.

–¿Mis besos... ninguna consecuencia? Es la primera vez que me dicen eso. Debo de estar perdiendo facultades. Solía causar mejor impresión –dijo divertido.

–Y ha sido así –replicó ella, a pesar de que se había propuesto dejar de coquetear con él.

–¿De veras?

–No te hagas el sorprendido –dijo, y decidió cambiar de tema para evitar acabar besándolo de nuevo–. Mañana o pasado, las carreteras estarán despejadas y podrás irte. Mis hermanos llegarán para ayudarme.

Josh se quedó pensando en el beso. Aquel beso lo había trastornado y esperaba que a ella le hubiera causado un efecto tan intenso como a él. Había pensado que no era su tipo, pero después de besarla había cambiado de opinión. Sus besos lo habían hecho derretirse. No estaba dispuesto a marcharse de Beckett sin tener la certeza de que volvería para estar con ella, para besarla y hacerle el amor. Estaba dispuesto a seducirla.

Lo pasaba bien con ella. Quizá fuera el ambiente relajado, sin trabajo ni llamadas, algo novedoso para él, pero lo cierto era que quería estar con ella.

Josh se quedó observando el movimiento de su coleta mientras recorría la estancia. Caminaba con alegría, como si disfrutara de la vida. Su mirada se detuvo en sus labios, recordando de nuevo el beso.

No podía dejar de observarla y se preguntó cómo estaría con el pelo suelto y con maquillaje.

–¿No te apetece conocer algún otro sitio? ¿Nueva York, París, Londres? –preguntó Josh–. ¿No hay algo que te apetezca hacer que no hayas hecho nunca?

Estaba seguro de que nunca había conocido a nadie con tan pocas ambiciones en la vida. Nunca había salido con ninguna mujer que llevara la clase de vida de Abby. Era muy casera y no debería haber llamado su atención, pero solo de pensar en besarla se excitaba recordando su único beso.

–No se me ocurre nada.

Se quedó mirándola como si acabara de conocer a alguien de otro planeta.

–Seguro que hay algo.

Ella sonrió.

–Durante una temporada quise ir a Viena, a algún castillo o palacio. Cuando era pequeña, me imaginaba yendo a un baile en un palacio. Siempre tocaban valses. Supongo que lo vería en alguna película.

Josh recordó los castillos que había visto y los valses que había bailado. Le parecían anticuados y nunca le habían gustado demasiado.

–No, no tengo pensado ir al extranjero. Veo películas y me gustan, pero no me muero por viajar.

—Llevas una vida muy sencilla y eres muy fácil de complacer.

—Ya te he dicho que mi vida está aquí con mi familia y mi gente —dijo mirando a su alrededor—. ¿Quieres tomar algo más?

—Todavía me queda cerveza —respondió Josh—. Podríamos encender la chimenea de mi habitación, bueno, tu habitación —añadió deseando estar a solas con ella—. ¿Por qué no seguimos hablando allí? No creo que nadie te necesite durante el resto de la noche.

—Claro —respondió ella, sirviéndose otra taza de chocolate.

Se sentaron en el suelo del cuarto de estar de su suite, ante la chimenea, él con su cerveza fría y ella con su chocolate caliente. Josh acercó una mesa de centro para dejar las bebidas y un cuenco de palomitas.

Durante unos segundos estuvieron en silencio. Ella se quedó mirando el fuego mientras él contemplaba su perfil. Su mirada le recorrió la piel suave, sus largas pestañas marrones, su nariz recta y sus labios carnosos. Se detuvo en su boca mientras el deseo aumentaba en él y libraba una batalla interior. No era su tipo ni él el de ella, salvo en un aspecto.

Deseaba besarla otra vez. Besarla y más, mucho más. Además de ser muy sexy, parecía reunir cualidades muy interesantes, tantas que empezaba a parecerle una mujer muy especial con mucho más encanto que muchas de las mujeres con las que había salido.

–Háblame de tu familia –dijo ella, interrumpiendo sus pensamientos–. ¿Viven todos cerca de ti en Dallas? ¿Trabajan contigo?

–Mi hermano Mike es ganadero. Acaba de casarse con una enfermera de neonatología, aunque ahora mismo no está trabajando. Está embarazada y Mike tiene un hijo pequeño que se llama Scotty. La primera mujer de Mike murió de cáncer.

–Cuánto lo siento. Qué bien que se haya vuelto a casar.

–Parece muy feliz, y Scotty también. Creo que el matrimonio les ha venido bien tanto a mi hermano como a mi sobrino. También para Savannah, porque su exnovio y padre del hijo que espera, rompió su compromiso estando ella embarazada. Mike va a adoptar al bebé.

–Es una bendición para todos.

–Mi hermano Jake trabaja en la industria de la energía y está casado con Madison Milan, una pintora.

–La conozco. En una ocasión se quedó aquí. Es muy agradable. No creo que se acuerde de mí.

–Es encantadora y son muy felices. Hacen una pareja perfecta. Durante generaciones, nuestras familias han estado enfrentadas. Pero con su boda, la animadversión ha ido desapareciendo. Y una prima lejana nuestra, Destiny, se casó con un Milan, Wyatt Milan, el sheriff de Verity.

—Parece que ya no hay desavenencias.

—Por desgracia no es así. Lindsay, mi hermana, es vecina de un Milan y no dejan de pelearse. Desde que Wyatt es sheriff, han disminuido los enfrentamientos, pero siguen existiendo.

—Es toda una historia —dijo ella sonriendo—. ¿Vas mucho por tu rancho?

—No. Me gustaría, pero estoy muy ocupado. Es la vida que me gustaría tener y algún día me iré allí a vivir.

—El futuro se convierte en pasado con mucha facilidad. Quizá deberías dedicar más tiempo al rancho si de veras te gusta esa clase de vida.

—Ahora mismo, ese día parece muy lejano.

—Estoy muy unida a mi familia, como habrás imaginado, siendo mi madre la vecina de al lado y viviendo mi abuela en la posada. Ahora mismo está de viaje, visitando a unos familiares.

—¿Cómo está tu madre con esta tormenta? ¿Necesita algo?

—He hablado con ella y tiene suficiente comida. Hablamos por teléfono todos los días. Tiene la peluquería en casa y trabaja mucho. Pero como la gente no puede salir de casa por la nevada, no viene nadie. Le vendrán bien estos días para descansar.

—¿Y tus hermanos?

—Los dos están de vacaciones de pascua. La nieve les impide regresar.

De todas las mujeres que conocía, ¿por qué era alguien tan natural como Abby la que lo excitaba tanto con sus besos? La mujer más diferente que se había cruzado en su vida lo atraía, y ella parecía sentir lo mismo por él.

Pasada la una de la madrugada, Abby se levantó y recogió la bandeja.

–Es tarde. Me voy a acostar.

–Yo me ocuparé de la bandeja –dijo quitándosela de las manos.

–Tengo que ir a cerrar con llave y a apagar las luces.

Juntos recorrieron el pasillo hasta la cocina.

–Según la predicción meteorológica, el tiempo mejorará antes del martes. Quizá entonces abran las carreteras y puedas irte a casa.

–No te hagas ilusiones –replicó Josh bromeando.

Abby sonrió.

–Siempre he sabido que cuando se fuera la nieve, tú también te irías. Así pasa con todos mis huéspedes, por muy bien que se lo pasen aquí.

–Estoy seguro de que muchos de tus clientes vuelven.

–Por suerte, tienes razón. Muchos repiten y algunos mantienen el contacto. Nos mandan felicitaciones de Navidad de todas partes del país, y eso me gusta mucho.

–Te mandaré una felicitación.

–Cuando llegue Navidad, no te acordarás de mí, y menos aún de mandarme una felicitación –comentó divertida.

Se giró para mirarla, bloqueándole el paso.

–Me acordaré de ti –dijo con voz seductora.

Se preguntó cuánto tardaría en olvidarla o si llegaría a hacerlo alguna vez, un pensamiento que lo sorprendió.

La sonrisa desapareció de los labios de Abby, mientras sus ojos se abrían como platos. Josh sintió calor en la entrepierna. Dejó la bandeja en la encimera y se volvió para tomarla entre sus brazos.

–Esto es por lo que no te olvidaré en mucho tiempo –dijo, y la besó, estrechándola contra él.

Al igual que la otra vez que la había besado, lo abrazó con fuerza y le devolvió el beso, despertando en él un intenso deseo. Deseaba llevársela a la cama.

–Josh –susurró ella, rompiendo el abrazo.

Respiraba con la misma dificultad que él y tenía los labios hinchados por el beso. Quería volver a rodearla con sus brazos, pero sabía que no debía hacerlo.

Abby tenía que ir a cerrar la puerta y a apagar las luces. Fue al salón a cumplir con aquella rutina.

–Creo que todo está apagado y cerrado, así que no hay ninguna tarea por hacer. Vámonos a la cama –dijo ella.

–Vamos, cariño, lo estoy deseando.

–Parece que no he elegido bien mis palabras. Me voy a la cama sola. Tú haz lo que quieras, empezando por refrescar tu mente calenturienta.

Él sonrió.

–No me culpes. La esperanza es lo último que se pierde.

–Será mejor que empiece a organizar las actividades de mañana porque me temo que va a ser un día muy ajetreado.

–Estás cambiando de tema.

–Desde luego –aseveró mientras ambos entraban en la habitación de Josh–. Ha sido un día divertido e interesante –añadió Abby.

Estaba a punto de abrir la puerta que comunicaba con su dormitorio cuando él se acercó y la tomó del brazo para que se diera la vuelta.

–Han sido un día y una noche inolvidables. Nos hemos dado un beso que se supone que va a cambiar nuestras vidas. Ahora, solo hay que esperar y ver qué pasa.

–Es solo una leyenda. No significa que vaya a hacerse realidad. Supongo que sería distinto si hubiéramos estado enamorados al darnos el beso.

Su voz se había suavizado y su respiración parecía entrecortada. Quizá fuera una reacción por la conversación, su roce o su cercanía, no lo sabía. Lo único que sabía era que siempre provocaba una respuesta en ella.

–No podemos terminar el día sin otro beso –susurró él.

Antes de que Abby pudiera decir nada, unió los labios a los suyos. Siguió besándola hasta que ella se apartó de sus brazos.

–No sé por qué tenemos este efecto el uno en el otro –murmuró ella.

–Yo sí, y me resulta fascinante e irresistible.

–Cuidado. Puede ser tan arriesgado para ti

como para mí. Esta noche has tentado la suerte y sigues haciéndolo.

–¿Cómo es posible, si lo único que estoy haciendo es estar aquí de pie? –preguntó él con voz grave.

–Buenas noches, Josh –dijo con firmeza, y cerró la puerta después de entrar en su dormitorio.

–Buenas noches, Abby –contestó, convencido de que estaba lo suficientemente cerca al otro lado de la puerta como para escucharlo–. No has contestado mi pregunta –añadió.

Estaba excitado y sentía un ardiente deseo. La deseaba y quería hacerle el amor durante horas. No quería que le dijera adiós todavía.

Más tarde, tumbado en el sofá, con la mirada perdida en la oscuridad, evitó pensar en que Abby estaría en la cama, a escasos metros de él, separados solo por una puerta. Además de la evidente química que había entre ellos, había alterado su intenso ritmo de vida, haciendo que se la tomara con más calma y considerando más seriamente su sueño de vivir en un rancho. Siempre había pensado que en un futuro lejano, cuando fuera mayor, lo haría. Pero ¿estaba dejando desaprovechando el tiempo, como había dicho Abby? Aunque pensaba que ella se estaba perdiendo muchas oportunidades en la vida, también se daba cuenta de que en otros aspectos era mucho más feliz que él. Esa idea lo inquietó.

Se levantó para mirar si veía luz por debajo de la puerta. Estaba oscuro, así que se había acostado. Aquel pensamiento lo perturbó todavía más. ¿Qué pasaría si llamaba a la puerta? Se pasó la mano por el pelo y volvió a mirar hacia la puerta que los separaba. ¿Estaría durmiendo plácidamente?

El domingo por la mañana, Abby se despertó con los rayos de sol que se filtraban por las cortinas. Se estiró, salió de la cama y miró por la ventana la nieve de fuera. El sol resplandecía sobre el blanco inmaculado. Sonrió y se dio prisa en ducharse para comenzar el día.

Cuando llegó a la cocina, Josh ya había puesto la mesa del comedor y estaba fuera, quitando con una pala la nieve del camino de acceso. Se quedó mirándolo un momento y sacudió la cabeza pensando en que Lamont no habría puesto la mesa ni estaría limpiando la entrada de nieve. Su teléfono vibró y vio que era un mensaje de texto de Lamont, avisándola de que al día siguiente iría a ver al señor Hickman.

Al poco llegó el señor Hickman y saludó a Abby al pasar por el bufé de la cocina.

–Buenos días. Hace un bonito día a pesar de que sigamos atrapados por la nevada.

–Esta mañana se le ve muy contento –dijo ella sonriendo.

–Estoy pensando en el viaje para ir a pescar que Josh me ha prometido. Es algo muy emocionante para mí. Me encanta pescar y pensar que voy a lanzar la caña en un río de Colorado… No puedo describir la sensación. Es un hombre muy amable al llevarme a pescar. Por cierto, ¿dónde está esta mañana?

—Está quitando la nieve del camino de entrada.

—Según las noticias, las calles del pueblo están heladas, así que no hay por qué darse prisa. La autopista sigue cerrada, no la abrirán hasta que la limpien.

—Creo que es inútil decirle a Josh que pare.

—Ah, es una buena persona. Iría a ayudarlo, pero a mis años no puedo.

—No creo que permitiera que lo ayudara. Además, yo tampoco le dejaría. Lo hace porque quiere y ni usted ni yo vamos a convencerlo de lo contrario.

—No quiero hacerle cambiar de opinión. Es solo que me da rabia no poder ir con él.

—Usted también es muy amable. Disfrute del desayuno, le traeré café.

Estaba sirviendo el café cuando oyó a Josh entrar por la puerta de atrás. Las ganas de verlo la hicieron sonreír. Había hecho una cosa más por conquistar su corazón.

Capítulo Cuatro

–Gracias, pero no deberías haber limpiado la nieve del camino de entrada. Podía haber buscado unos chicos para que lo hicieran. Mañana vendrá Lamont, aunque él nunca hubiera tomado una pala para quitar la nieve.

–Así que Lamont es un contable muy ocupado, ¿no? –preguntó Josh.

–Podría decirse que sí. También lleva las finanzas del señor Hickman y de mis tías, y es por eso que va a venir.

–¿No viene a verte? –preguntó Josh, dejando los guantes sobre el perchero.

–No –contestó sonriendo–. Trae los formularios de los impuestos para el señor Hickman. Esta es la época del año en que Lamont tiene más trabajo –comentó dirigiéndose hacia la cocina–. Ven a desayunar. Todo el mundo ha desayunado ya o está acabando. Puedes sentarte en la cocina mientras acabo de recoger. Ahí tienes todo. Sírvete tú mismo –dijo Abby.

Durante la mañana, Abby se ocupó de las faenas, habló con su madre por teléfono y luego se dedicó a preparar la comida. Tan pronto como empezó, Josh apareció. Agradecía su ayuda y discretamente lo estuvo observando.

Por la tarde, los clientes estuvieron jugando mientras él la ayudaba a preparar la cena. Luego jugó a las damas con el señor Hickman y charló con algunos de los huéspedes. Abby se dio cuenta de que Josh se había preocupado en hablar con toda la gente que estaba en la posada, incluyendo los niños. Otra faceta que lo diferenciaba de Lamont, que se hubiera mostrado reservado.

De nuevo, Abby no pudo quitarle ojo mientras la ayudaba con la cena. Cuanto más lo conocía, más se sentía atraída por él.

Después de cenar y recoger la cocina, él se volvió a ella.

—Vayámonos a tu suite como anoche. Llevo todo el día con tus clientes y con Edwin. Me apetece pasar un rato contigo ahora que no tenemos nada más que hacer.

—Claro —contestó ella sonriendo—. Has sido de gran ayuda.

—Entonces, muéstrame tu agradecimiento en tu habitación —dijo él mirándola con picardía y haciéndola reír.

—¿Te conformas con una palmada en la espalda?

—No es eso lo que tenía en mente —replicó, y sacó una cerveza de la nevera—. Encendamos la chimenea y disfrutemos de la tranquilidad de estar los dos solos.

Se sentaron a charlar delante del fuego y dejaron una pequeña lámpara encendida.

Recorrió a Abby con la mirada. El jersey azul que llevaba dejaba adivinar sus tentadoras curvas y deseaba soltarle el pelo.

—He oído que el tiempo mejorará mañana, así que podrás irte a casa.

—No te creas que me apetece tanto. Estas han sido unas vacaciones inesperadas.

—Me alegro de oír eso. Es maravilloso relajarse y disfrutar de la vida.

—Estoy de acuerdo —dijo él acariciándole suavemente la mano.

Al ver que se sonrojaba, Josh sintió que su pulso se aceleraba ante la inmediata respuesta a su roce.

—Ven a cenar conmigo el viernes —añadió.

Las palabras escaparon de su boca, pero nada más pronunciarlas, deseó que aceptara la invitación. La quería en sus brazos y besarla de nuevo.

Ella se giró para mirarlo. Tenía el ceño fruncido y los ojos abiertos como platos.

—¿Vas a volver a Beckett?

—Solo para recogerte y llevarte a algún sitio. Has trabajado mucho estos días, ¿por qué no disfrutar para variar? Así podrás relajarte por una vez.

—Te agradezco la invitación. ¿Dónde quieres ir?

Se quedaron un momento en silencio, mientras él pensaba dónde podía llevarla.

—Voy a inaugurar un hotel en Nueva York —comentó él—. Vendré a recogerte y pasaremos allí el fin de semana. Te enseñaré la ciudad.

–¿Yo pasando el fin de semana en Nueva York? Creo que no, pero muchas gracias.

–Espera un momento. No te des tanta prisa en decir que no –dijo, convencido en que le abriría un nuevo mundo para ella–. Verás cosas que nunca antes has visto y será divertido para los dos. Sin ataduras, solo para divertirnos y conocernos. Te prometo que tendrás tu propia habitación. Estarás más lejos de mí de lo que estás esta noche.

–Gracias, pero no me imagino tomándome el fin de semana libre o yendo a Nueva York. Mañana volverás a tu casa y a tu vida, y no querrás volver a Beckett para llevarme a Nueva York.

–No me rechaces tan deprisa. Sal y haz algo diferente por una vez, y comprueba si te gusta. Quizá sea la única vez que vayas a Nueva York en tu vida, la única vez que salgas de tu rutina. Te traeré a casa cuando quieras. Confía en mí.

Ella negó con la cabeza.

–Nuestras vidas son completamente diferentes. No creo que sea la mujer con la quieres pasar un fin de semana en Nueva York.

–Deja que lo decida yo. La cuestión es si quieres venir conmigo –dijo, y observó que Abby se había ruborizado aún más–. Dale a Lamont algo en que pensar –añadió sonriendo–. Venga, Abby, aprovecha la oportunidad y disfruta un poco.

Una tímida sonrisa asomó en su rostro. Josh estiró el brazo y le quitó la taza. Ella lo observó sorprendida mientras la dejaba y se volvía para tomarla en brazos y acomodarla en su regazo.

Abby abrió la boca, probablemente para protestar, pero él la besó antes de que pudiera decir nada. La rodeó con sus brazos y la estrechó contra él. Su corazón empezó a latir con fuerza nada más rozar sus labios. La deseaba y ella le había correspondido al instante, abrazándolo y devolviéndole el beso.

Mientras los besos se alargaban, el deseo fue aumentando, convirtiéndose en una insoportable necesidad. Josh deslizó la mano bajo su jersey y subió por la espalda antes de acariciarle el pecho por encima del sujetador. Al palpar sus cálidos y generosos senos, sintió que crecía su erección. Temía estar yendo demasiado rápido porque no quería que le hiciera detenerse.

Ella gimió y arqueó las caderas. Aquel beso ardiente y húmedo lo llevó al límite. Tuvo que controlarse para evitar quitarle el jersey o deslizar la mano bajo sus vaqueros, avances que sospechaba pondrían fin a lo que le estaba permitiendo.

Quería seducirla lentamente para aumentar en ella el deseo. Al besarla, se inclinó ligeramente acariciándola suavemente. Su pecho turgente era una gran tentación. Su piel era suave como el terciopelo.

–Josh, vas demasiado deprisa para mí. No estoy lista para esto. No puedo…

Levantó la cabeza para mirarla. De nuevo tenía el ceño fruncido, como si estuviera librando una batalla en su interior. Deseaba tomarla entre sus brazos y acallar así sus protestas. También quería agradarla y conseguir que confiara en él. Quería que deseara que le hiciera el amor tanto como lo deseaba él, así que se quedó quieto. No entendía lo que le pasaba ni la reacción que le despertaba. No había motivo para sentirse atraído por ella. Tenía el pelo recogido en su eterna cola de caballo y no llevaba maquillaje. Apenas había salido de Beckett y nunca de Texas. Si accedía a ir a Nueva York, quizá tan solo compartieran unos cuantos besos y no el fin de semana sensual que él esperaba. No comprendía su reacción, algo le resultaba muy extraño.

No recordaba ninguna otra mujer cuyos besos le hubieran provocado aquel efecto. Además, le gustaba estar con ella.

—Mi chocolate debe de estar frío ya y tu cerveza caliente. Iré a por más.

Él asintió y dejó que se marchara. Necesitaba poner distancia entre ellos para calmar sus ansias.

Al volver se sentaron de nuevo ante la chimenea.

Durante unos minutos hablaron de temas sin importancia. Después, Josh dejó la cerveza en la mesa.

—No me has contestado. Ven conmigo a Nueva York a pasar el fin de semana —dijo tomándola de la barbilla—. Disfruta un poco, Abby. La vida es fabulosa, disfrútala.

—Josh, me resulta una locura ir contigo a Nueva York.

—¿Por qué no conmigo? Lo pasamos bien juntos. Es solo un fin de semana. Sin ataduras.

–No voy a acostarme contigo –dijo ella en tono muy serio–. Sabiéndolo, ¿todavía quieres llevarme a Nueva York?

–He dicho que sin ataduras. Iremos a divertiremos.

Ella entrecerró los ojos y se quedó mirándolo fijamente.

–¿Por qué sospecho que tienes algún propósito oculto? –preguntó ella.

–Porque te gusta besarme y sabes que a mí me gusta besarte –contestó, acercando a escasos centímetros sus caras, sin apartar la vista de sus labios.

–Te lo he puesto en bandeja –replicó ella con voz entrecortada.

Abby se acomodó en su asiento y se quedó mirándolo, como si se lo estuviera pensando dos veces, así que Josh decidió quedarse callado.

–¿Vas a venir conmigo? –preguntó al cabo de unos segundos.

–Sí –contestó como si estuviera accediendo a robar un banco con él–. ¿El viernes por la noche?

–Si quieres aprovechar para hacer turismo, pídele a alguien que te cubra y vayamos el jueves. Te traeré de vuelta cuando quieras.

–Vayamos el viernes. Es suficiente. No puedo creer que esté haciendo esto.

Él también pensaba lo mismo, pero no iba a decírselo.

–Si cambias de opinión, no pasa nada. Sé adaptarme –dijo él reclinándose en el asiento.

Empezó a pensar en los sitios a los que la llevaría a cenar cada noche. Se alegraba de que hubiera accedido a hacer el viaje con él. Pasaría con ella todo el fin de semana y pensaba seducirla. Antes de que llegara el sábado, estaría ansiosa.

Eran las dos de la mañana cuando Josh le dio un beso de buenas noches y ella se volvió a su dormitorio. Por fin estaba sola y podía pensar en el viaje que había aceptado hacer. Mientras se quitaba el pijama y se soltaba el pelo, supo que no se echaría atrás. Quería ir. Pronto saldría de su vida para siempre y solo le quedaría su recuerdo. Estaba decidida a ir a Nueva York el viernes y pasárselo muy bien, atesorando aquellos recuerdos para el futuro.

Un fin de semana en Nueva York ya le parecía muy emocionante. Un fin de semana en Nueva York con Josh era algo que iba más allá de sus sueños. Recordó los besos de aquella noche y cerró los ojos, deseando estar entre sus brazos sintiendo sus caricias.

Cuando abrió los ojos a la mañana siguiente, se dio cuenta de que ese era el día en que le diría adiós a Josh, al menos hasta el viernes.

Bajó pronto para preparar el desayuno y Josh apareció vestido de ganadero, con sus botas y sus vaqueros. Como de costumbre, empezó a ayudarla, trabajando codo con codo, afanándose en las tareas hasta que finalmente se sentaron a desayunar.

Mientras recogían el comedor y la cocina, el timbre de la puerta sonó.

–Seguramente es Lamont. Te lo presentaré.

–Esto se pone interesante –observó Josh.

Abrió la puerta, y Lamont entró y se limpió los pies en el felpudo. Se quitó el abrigo, el gorro y los guantes, y los colgó en el perchero del rincón. Luego, se pasó la mano por el pelo rubio.

–El tiempo ha mejorado, pero sigue desagradable y frío ahí fuera. ¿Cómo vas?

–Bien, teniendo en cuenta que hemos estado aislados por la nieve.

–Quería llegar antes de que la gente empiece a salir. ¿Está Edwin por aquí?

–Está arriba, en su habitación. Pero antes quiero que conozcas a un huésped que ha sido de gran ayuda al no estar mis hermanos –dijo conduciéndole a la cocina.

Josh acababa de cerrar la cafetera y se estaba girando cuando entraron. Atravesó la habitación y se acercó a saludar.

–Josh, te presento a Lamont Nealey. Lamont, él es Josh Calhoun –dijo observándolos.

Josh, con su pelo moreno, su piel bronceada y sus ojos oscuros. La piel pálida de Lamont era consecuencia del tiempo que pasaba encerrado. Por lo que tenía entendido, hacía poco ejercicio físico. No tenía una personalidad arrolladora ni le gustaba coquetear. Era amable, dispuesto, inteligente y le resultaba de gran ayuda a la hora de llevar la contabilidad, solucionando todas las dudas que le surgían. Lamont era alguien de fiar y había nacido y crecido en el pueblo, al igual que ella. Era reservado y disfrutaba de la tranquilidad tanto como ella.

—¿Quiere sentarse con nosotros un momento? —preguntó Josh.

—Me gustaría, pero será mejor que vaya a ver a Edwin. Beckett le queda fuera de su ruta, ¿verdad? Pensé que vivía en Dallas. He visto su nombre en las revistas.

—Tengo casa en Dallas. Vine aquí a ver a Jim Lee Hearne para comprarle un caballo, y cuando iba a irme, lo único que pude hacer fue pedirle al taxista que me trajera de vuelta al pueblo. Las carreteras estaban cerradas y tuve que quedarme en Beckett, lo cual ha resultado una agradable sorpresa.

—Sí, Beckett es un pueblo muy acogedor —comentó Lamont, y miró el reloj—. Bueno, me alegro de conocerlo y de que encontrara un sitio donde quedarse.

—Encantado de conocerlo, Lamont. Me han hablado mucho de usted —dijo Josh mientras Lamont y Abby se dirigían hacia la puerta.

—Espero que hayan sido cosas buenas —replicó Lamont, sonriendo y girándose para mirar a Abby antes de salir de la cocina con ella.

Después, subieron juntos la escalera.

—Me alegro de que el tiempo esté mejorando, aunque me ha dado la oportunidad de adelantar trabajo al no tener interrupciones de gente viniendo a verme a la oficina. No hace falta que subas conmigo, Abby. Edwin está esperándome y vamos a revisar sus impuestos. Te avisaré cuando me vaya.

–Muy bien, Lamont –dijo, deteniéndose en el rellano que había a mitad de camino.

Se dio media vuelta y bajó, encontrándose con Josh al final del pasillo, mirándola.

Sintió una oleada de pánico. Al lado de Josh, Lamont había palidecido en muchos aspectos. Lamont vivía entregado a sí mismo, a su trabajo y a su pequeño mundo, y nunca antes se había dado cuenta de hasta qué punto. Quizá fuera porque era el momento de presentar impuestos. Durante esa época del año, siempre estaba tenso, absorto en el trabajo y preocupado. Nunca había hecho lo que Josh: ofrecerle su ayuda e interesarse por cuándo volverían sus hermanos. Lamont era formal, serio y de fiar, y para ella, eso había sido suficiente hasta que Josh se había cruzado en su camino. ¿Qué desastre provocaría Josh en su vida?

Josh apareció con el teléfono en la mano.

–Están limpiando las carreteras, pero al no estar Beckett en una carretera principal, probablemente no pueda irme hasta mañana.

Sintió un gran vacío ante la idea de que Josh se marchase. Su presencia se hacía sentir. Recordó a su padre y lo encantador que podía ser con la misma clase de personalidad: enérgico, carismático, arrollador y poco de fiar. Le había roto el corazón a su madre, nunca había sido fiel y había encandilado a todas las personas con las que se había relacionado. Siempre había querido tener en su vida un hombre fiable, formal y serio como Lamont. Josh era como su padre y estaba siguiendo los pasos de su madre, algo a lo que debía poner fin de inmediato.

–Eso es estupendo. Sé que estás deseando volver a casa.

–Necesito tu número de móvil. Dímelo para guardarlo en el mío.

Apesadumbrada, observó cómo apuntaba su número. Luego se volvió.

–Será mejor que vuelva a la cocina.

–Te ayudaré a terminar las faenas y acabaremos enseguida.

Una hora más tarde, cuando estaban poniendo la mesa para comer, apareció Lamont.

–¿Interrumpo? –preguntó, frunciendo el ceño mientras miraba a Josh.

–No, en absoluto –contestó Josh.

Acababa de ayudar a Abby a meter un par de bandejas con el postre en la nevera y se apartó.

–¿Has terminado con el señor Hickman? –preguntó Abby mientras Lamont los observaba.

–De momento sí. Tiene que rellenar algunos formularios. Será mejor que vuelva a casa y siga con los impuestos. Encantado de haberlo conocido –dijo Lamont bruscamente.

Al verlo salir de la cocina, Abby fue tras él hasta la puerta de entrada.

–Ese Calhoun está forrado –dijo Lamont mientras se ponía el abrigo–. Estoy seguro de que podía haber encontrado otro sitio donde quedarse.

¿Qué demonios está haciendo en Beckett? ¿Para qué iba a querer un caballo?

–Porque también tiene un rancho.

Lamont apartó la mirada.

–¿Tienes comida suficiente para toda la gente que tienes aquí?

–Sí, aunque si no hubiera dejado de nevar, no habría tenido para hoy. Puedo pedir a alguien que me traiga provisiones o ir andando a por ellas.

–¿Quieres que te mande a Tommy? Esta mañana limpió de nieve la entrada de mi casa. Puede traerte lo que quieras.

–Muchas gracias, pero me las arreglaré y probablemente pueda salir mañana.

–Si ese Calhoun te está ayudando es porque quiere algo a cambio. No se hizo multimillonario siendo amable. Mantente alejada de él.

–Ser rico no está reñido con ser amable. Ha sido de gran ayuda –dijo cruzándose de brazos–. Me ha preguntado si alguna vez nosotros habíamos hablado de matrimonio.

–Es una pregunta muy personal, además de no ser asunto suyo –dijo Lamont y, una vez más, frunció el ceño–. ¿Es él la razón por la que quieres salir con otros?

–Creo que a los dos nos iría bien ver a otras personas.

–Cuando pase la época de presentar impuestos, hablaremos. Ahora mismo, no puedo ocuparme de más cosas.

–Lo sé.

Sabía que no era justo comparar a Lamont con Josh, pero era imposible pasar por alto las diferencias.

–Lamont, Josh me ha pedido que vayamos a Nueva York este fin de semana. Ha abierto un nuevo hotel allí y quiere enseñarme la ciudad. Es una manera de darme las gracias por darle alojamiento en mitad de la nevada.

Lamont entornó los ojos.

–Así que es por eso por lo que me llamaste. Vas a tener una cita con Josh Calhoun.

–No, cuando te llamé todavía no me había invitado. Hace tiempo que quería ser libre para salir con otras personas. Creo que es lo mejor para ambos.

–Tal vez. Pero si te vas del pueblo para pasar un fin de semana con él, todo el mundo en Beckett pensará que nuestra relación no va en serio.

El teléfono de Abby empezó a sonar y lo sacó del bolsillo.

–Discúlpame, Lamont.

–Contesta la llamada. Tengo que irme a seguir trabajando. No sé cuándo volveré a verte –dijo, y se marchó.

Contestó el teléfono y oyó la voz de su hermano. Después de colgar, regresó a la cocina y se encontró a Josh preparando café.

–¿Ya se ha ido Lamont?

–Sí, está preocupado con los impuestos.

–He llamado a Benny para pedirle que me recoja a eso de las tres –dijo Josh–. He hablado con el piloto. El tiempo está despejado y puedo volver a casa hoy.

–Así que al final te vas hoy.

–Sí –contestó, acercándose a ella–. ¿Me echarás de menos?

–Por supuesto que voy a echarte mucho de menos. Me ayudas más que mis hermanos –dijo deslizando las manos por los hombros de Josh, sintiendo sus fuertes músculos bajo el jersey–. Además, eres más guapo y divertido.

–Ahora no me quiero ir –añadió rodeándola con sus brazos–. ¿No quieres dejar Beckett?

–Oh, no. Es mi hogar y aquí está mi vida. Y lo más importante, mi familia está aquí. ¿Por qué iba a querer marcharme de Beckett?

Josh sonrió.

–Se me ocurren unas cuantas razones por las que podrías vivir en otro sitio, como por ejemplo, que no te aísle una nevada.

–No lo entiendes porque eres cosmopolita y te gusta viajar. No imaginas la satisfacción que encuentro en mi trabajo, en este pueblo y en los amigos que tengo.

–Estoy deseando que llegue el fin de semana. Quiero comprobar si entonces podrás resistirte.

–Espero que sea un divertido viaje de amigos.

Capítulo Cinco

A las dos y media de la tarde, Abby se sentó en el escritorio de su dormitorio. Oyó las pisadas de unas botas y vio a Josh asomarse.

–¿Puedo pasar? –preguntó.

–Sí, estoy revisando facturas y me viene bien un descanso.

–Mi avión espera. Dejaré la habitación y me pondré en marcha. ¿Tienes ayuda para preparar la cena de esta noche?

–Claro –contestó–. Casi todo el mundo se ha ido ya. Esta noche solo se queda una familia, además del señor Hickman.

–Bien. Estarás tranquila. Tengo que recoger mis cosas. Te avisaré cuando esté listo.

Ella asintió. Odiaba verlo marchar. No recordaba haber sentido lo mismo por nadie que se hubiera quedado en la posada. Con un poco de suerte, se le pasaría al día siguiente.

Recordó el viaje a Nueva York. Una vez más, el sentido común le decía que debía echarse atrás y no ir con él. Nunca antes había hecho nada parecido. Tenía que contárselo a su familia y sospechaba que todos intentarían convencerla de que no fuera. Siendo Beckett un pueblo tan pequeño, todo el mundo sabía lo que los demás hacían. Su ausencia enseguida despertaría el interés de saber dónde y con quién se había ido. Sabía que lo mejor sería contárselo antes a su madre y a su abuela.

Se le ocurrió pensar que en cuanto Josh volviera a casa y a su mundo, tal vez se echara para atrás y cancelara el viaje. Suspiró y se concentró en los papeles que tenía delante.

Unos minutos más tarde, Josh llamó a su puerta.

—Siento interrumpirte, pero ya estoy listo y vengo a pagar.

Abby se levantó con una sensación de vacío en el pecho.

—Has trabajado tanto que no voy a cobrarte nada. Te lo has ganado y te agradezco todo lo que has hecho.

Él sonrió, dejó caer la bolsa al suelo y se acercó a ella.

—No he hecho tanto. Insisto en pagar, así que dame la cuenta.

—Josh, es ridículo. No has parado de hacer cosas.

—No, no lo es. Bueno, ahora que ya ha quedado aclarado, hay algo más. Te llamaré para recogerte el viernes y te traeré de vuelta el domingo o el lunes. Sospecho que cuando llegues a Nueva York, vas a querer quedarte al menos una noche más.

—No lo creo. Empiezo a tener dudas sobre el viaje e imagino que tú también. Si quieres, puedes cancelarlo. Lo entenderé.

–De ninguna manera. Estoy deseándolo y ya he empezado a hacer planes –dijo acercándose a ella y tomándola de la cintura–. No voy a echarme atrás y tampoco quiero que tú lo hagas. Voy a hacer todo lo posible para que lo pases bien y no te arrepientas de haber ido. Bueno, hasta el viernes.

La atrajo hacia él para besarla. Sin dudarlo, ella lo abrazó con fuerza por la cintura y lo besó como si no fuera a verlo nunca más.

Josh la estrechó contra él y siguió besándola hasta que no pudo pensar en otra cosa. Para Abby solo existían los besos de Josh, y los latidos del corazón se le aceleraron. El deseo la invadió, haciéndola temblar. Quería más de él y le habría gustado que se quedara un poco más.

–Nunca olvidaré estos días aquí –dijo él, retirando ligeramente la cabeza.

–Sí que lo harás, pero es bonito que pienses así –susurró ella, y se apartó.

–Te llamaré para hacer los preparativos.

–¿Listo para irte?

–Claro –dijo, y la siguió hasta la recepción.

–Me siento mal cobrándote.

–Venga. Además, tampoco he hecho tanto ni me ha supuesto un gran esfuerzo.

–No vamos a seguir discutiendo –dijo Abby.

Le dijo la cantidad e imprimió la factura.

–Te llamaré.

Ella rodeó el mostrador para acompañarlo a la puerta. El taxi esperaba al pie de los escalones del porche y Abby saludó al conductor.

–Que tengas buen vuelo, Josh.

–Adiós, Abby –respondió y se apresuró para meterse en el taxi.

Volvió a despedirse mientras se alejaba.

Tenía que contarle a su madre lo del viaje, aunque no se lo creería hasta que estuviera allí.

Al dejar las últimas casas, Josh se quedó contemplando el universo blanco que lo rodeaba. Escuchó lo que el taxista estaba diciendo, pero tenía la cabeza puesta en lo que necesitaba hacer antes del fin de semana en Nueva York.

Le mandó un mensaje de texto a su secretaria pidiéndole que buscara el mejor restaurante francés de Nueva York y que hiciera reserva en él para dos personas el sábado por la noche.

Estaba deseando que llegara el viernes. Quería que Abby se lo pasara muy bien y deseaba tenerla entre sus brazos, en su cama, y hacerle el amor durante horas. ¿Sería posible que ocurriera?

Abby encontró a su madre en la cocina, metiendo un pastel de carne en el horno.

–¿Puedo ayudarte en algo? –preguntó Abby.

Se sirvió una taza de café y se sentó en la mesa.

–Quédate sentada. Supongo que estarás agotada de estos días, con la posada llena.

–Uno de los huéspedes me ha ayudado mucho. Te ayudaré encantada.

–No, estoy a punto de tomarme un descanso. Voy a prepararme un té y me sentaré contigo. La abuela está durmiendo y si no se despierta pronto, la despertaré para que te vea. Dice que a lo mejor tú sabes quién limpió esta mañana la nieve de la entrada y del porche.

Sorprendida, Abby miró por la ventana.

–Probablemente fuera ese huésped. Ha sido de gran ayuda durante todo el tiempo que ha estado aquí.

–¡Qué amable! ¿Sabía que soy tu madre?

–Sí, y probablemente por eso la limpió. ¿No vienen clientas hoy?

–No, todo el mundo canceló sus citas cuando empezó a nevar hace unos días. Me alegro de que lo hicieran, porque he disfrutado la tranquilidad.

Después de haber descansado, quizá a su madre no le importara cubrirla en la posada mientras estaba en Nueva York.

–Mamá, ¿puedes hacerte cargo de la posada este fin de semana? Justin y Arden me han dicho que pueden echar una mano.

–Claro que sí. ¿Qué pasa? Lamont está en plena temporada de presentar impuestos, así que no creo que vayas a hacer algo con él.

–No. Además, he hablado con Lamont y vamos a salir con otras personas durante una temporada.

–Eso es un gran cambio en tu vida –dijo su madre, arqueando las cejas sorprendida–. ¿Qué es lo que vas a hacer este fin de semana para que necesites que te cubra?

–Josh Calhoun, el huésped que te digo que tanto ha ayudado, me ha invitado a salir este fin de semana. Josh vive en Dallas. Es dueño de una cadena de hoteles. Me ha pedido que lo acompañe a su nuevo hotel de Nueva York, y le he dicho que sí.

–¿Nueva York? Cielo santo –dijo abriendo sus ojos azules como platos–. ¿Estás enamorada de él?

–No, pero me gusta estar con él. Creo que me ha invitado como muestra de agradecimiento por haberle dejado quedarse en la posada durante la nevada. También porque le he dado lástima por no haber salido nunca de Texas.

–Un viaje a Nueva York, eso son palabras mayores. Debe de ser muy importante. Solo quiero que no te hagan daño. Me recuerda a tu padre, solo que con dinero.

Abby sonrió.

–Tendré cuidado. Puede que nunca se presente una oportunidad así. Es muy agradable. En abril o mayo volverá para llevarse a Edwin Hickman a pescar a Colorado.

Su madre se quedó mirándola unos segundos y luego asintió.

–Eres una mujer joven, pero madura e inteligente, así que ve y pásatelo muy bien. Llámame.

–Claro. Tendré cuidado. Voy a contarle a la abuela lo del viaje.

–Deja que se lo cuente yo. No quiero que le dé un ataque al corazón. Mi amiga Marilee va mucho a Dallas. ¿Te importa si le pregunto si conoce a Josh Calhoun?

—Claro que no. Pregunta a tus amigas y clientas –dijo poniéndose de nuevo el abrigo–. Es encantador, mamá.

—No te enamores de él. Los hombres que tienen aviones privados y cadenas de hoteles no se enamoran de la dueña de una posada de un pueblo como Beckett. No quiero que te rompa el corazón.

—Lo sé. Voy a aprovechar la oportunidad de ver Nueva York. Al menos lo que pueda. Iremos el viernes y regresaremos el domingo.

—Eso es suficiente para enamorarse. Ten cuidado.

Se dieron un abrazo y caminó por la nieve de vuelta a la posada, pensando en lo que metería en la maleta para el fin de semana.

Esa noche, poco después de las diez, Josh llamó por teléfono y estuvieron hablando hasta pasada la medianoche. Después de colgar, se quedó mirando el teléfono preguntándose si se arrepentiría de pasar con él el fin de semana y si su madre tendría razón al decir que le rompería el corazón.

No podía echarse atrás. Aquel viaje a Nueva York podía ser la única oportunidad de hacer algo emocionante e inolvidable en su vida.

A mediodía del miércoles, cuando Josh entró en el restaurante a comer, Lindsay y Jake ya lo estaban esperando. Saludó a Jake con un apretón de manos y dio un abrazo a Lindsay.

–Hola, qué alegría veros. Lindsay, deberías venir más a menudo a Dallas.

–Solo vengo cuando no me queda más remedio –replicó sonriendo, y se giró a Jake–. Deberías haber traído a Madison.

–Tenía una reunión en una galería en Fort Worth e iba a comer con el director, así que primero los negocios. Mike tiene excusa para no asistir a la comida de los hermanos Calhoun: está de luna de miel. Vayamos a nuestra mesa.

Después de pedir, Jake se dirigió a Josh.

–Así que te quedaste atrapado por la nieve en un pequeño pueblo. Estoy seguro de que te volviste loco.

–¿Te costó encontrar un sitio donde quedarte? –preguntó Lindsay.

–Sí, llegué a pensar que tendría que dormir en el parque de Beckett. La amable propietaria de una posada me dejó quedarme en el cuarto de estar de su propia suite…

–Déjame adivinarlo –le interrumpió Jake–. Está soltera.

–Lo cierto es que sí. La posada estaba llena. Por suerte, la tormenta se fue hacia el norte.

–A nosotros nos cayó algo de aguanieve –dijo Lindsay–. Estoy deseando que llegue la primavera.

–¿Cómo están los caballos? –le preguntó Josh.

–Muy bien. Tienes que ver mi nuevo potro.

–Aquí viene la foto de su nuevo bebé.

Lindsay le sacó la lengua a Jake y le pasó su teléfono a Josh.

–¿Qué te parece? ¿No es precioso?

–Sí, lo es –convino Josh, y sonrió al devolverle el teléfono.

El camarero apareció con los platos y dejó sendas hamburguesas para Jake y Josh y una ensalada para Lindsay.

–Si Mike y Savannah vuelven esta semana, a Madison y a mí nos gustaría organizar una cena familiar en casa. ¿Qué tal os viene?

–Voy a estar fuera –respondió Josh al instante.

–Yo tampoco puedo. Voy a Austin a una subasta de caballos –dijo Lindsay.

–Abro un nuevo hotel en Nueva York –anunció Josh.

Jake se giró hacia Josh.

–Últimamente no vas a ninguna inauguración. ¿En Nueva York?

–A esta sí –respondió mirando directamente a los incrédulos ojos marrones de Jake.

–Supongo que es porque vas acompañado. Apuesto a que es alguien que conociste en esa posada. Aunque no creo que alguien de Beckett pueda ser de tu estilo.

–¿Era una de las huéspedes? –preguntó Lindsay.

Josh sonrió.

–Es la dueña de la posada.

–No perdiste el tiempo –dijo Jake–. ¿Vas a ir con ella a Nueva York? No voy a decir lo que estoy pensando delante de los delicados oídos de Lindsay.

Lindsay y Josh rieron.

–Lindsay pasa todo el día entre los vaqueros de su rancho. No creo que haya nada que no hayan escuchado los delicados oídos de Lindsay.

–Tienes razón –intervino Lindsay–, pero no me apetece escuchar los comentarios obscenos de mis hermanos. Escucha, Jake: ¿puedes organizar la cena para Mike otro día?

–Claro. De todas formas, Mike y Savannah seguirán de luna de miel unos días más. Scotty está muy bien, aunque estoy seguro de que los echa de menos. Está con su niñera, y papá y mamá vinieron ayer a verlo.

–Scotty va a venir a pasar una semana en mi casa –dijo Lindsay–. Lo vamos a pasar genial.

–Desde luego. Scotty adora a su tía Lindsay y viceversa. Se te dan bien los niños y los caballos –dijo Jake.

–Gracias.

Jake se giró hacia su hermano.

–Bueno, cuéntanos del último amor de tu vida.

–Es solo un viaje de fin de semana. Nunca ha viajado en avión ni ha salido de Texas, así que voy a llevarla a Nueva York.

Jake y Lindsay rieron a la vez.

–No parece el tipo de mujer de nuestro sofisticado hermano –observó Jake–. ¿Nunca ha salido de Texas? ¿Qué hace en sus ratos libres?

–No creo que tenga muchos. Está ocupada con su familia. Tiene una hermana, un hermano, su madre, dos tías abuelas, su abuela y, además, lleva la posada. Las tías abuelas viven en la posada, además de un señor mayor. Como de todas formas os vais a enterar, será mejor que os cuente que dentro de unas semanas voy a llevarlo a pescar.

–Creo que no he oído bien –dijo Jake.

–Has oído bien y no tiene mayor importancia. Puedes venir si quieres. Voy a llevarlo a Colorado. Me recuerda al abuelo.

–¿Estás de broma? –preguntó Jake mirando fijamente a Josh.

–¿Irá la dueña de la posada? –preguntó Lindsay, y ambos hermanos se quedaron observándolo.

–No –respondió sonriendo–. Con ella solo iré a Nueva York este fin de semana. Lindsay, cierra la boca. Te has quedado embobada.·

–No más que Jake.

–¡Que me parta un rayo! Te has enamorado. Pensé que no pasaría –dijo Jake mientras Lindsay seguía mirándolo con los ojos abiertos como platos.

–No me he enamorado, no seáis ridículos. Acabo de conocerla. Es simpática y nunca ha estado en ningún sitio.

–¡Que me parta un rayo! –repitió Jake–. Estás siendo muy amable. No recuerdo que hayas llevado a ningún viejo de pesca. No puedo creer lo que estoy escuchando.

–Lo dices como si fuera un ogro.

–Creo que te ha pasado algo en esa tormenta de nieve –dijo Lindsay–. Josh, esto no es propio de ti. Al igual que Jake, no puedo creer lo que estoy escuchando. Me lo estoy pasando muy bien, pero tengo que irme. Tengo cita con el dentista –añadió y se puso de pie–. Josh, acabo de conocer una nueva faceta tuya que nunca antes había visto. Es muy amable de tu parte llevar a ese abuelo a pescar y a tu amiga a Nueva York. La próxima vez que necesite ayuda en el parto de una vaca, te llamaré.

–Olvídalo, Lindsay. Eso puedes hacerlo tú sola con los ojos cerrados.

–Estoy impresionada con mi hermano mayor y con esos viajes.

–Se merece una palmada en la espalda –intervino Jake.

–Ya está bien. Me lo pensaré dos veces antes de venir a la próxima comida.

–Bueno, me voy –dijo Lindsay mientras sus hermanos se levantaban, y se despidió de ellos con un abrazo–. Hasta pronto –añadió, y se fue.

–No nos ha contado nada de su última pelea con Tony Milan –observó Josh.

–Quizá estén más tranquilos.

–Sí, claro, y el cielo es rosa. Con ellos se mantiene vivo el viejo enfrentamiento entre los Calhoun y los Milan.

–Madison y yo hemos puesto de nuestra parte para ponerle fin –dijo Jake, y miró la hora–. Tengo que irme también. Hoy pagaré yo.

–Gracias. Avísame cuando sea la cena.

–Claro. Pásalo bien en Nueva York.

***

Una vez sentado en su mesa, apartó un montón de papeles para leerlos más tarde. Nervioso, con una inusual falta de interés en el trabajo, pensó en tomarse un par de semanas de descanso e irse al rancho. Contaba con buenos directivos que podían ocuparse de la compañía en su ausencia.

¿Estaba seguro de que quería seguir viviendo en aquel mundo empresarial? ¿Estaba desaprovechando? Además del viaje a Nueva York, quería llevarla al rancho, porque aquel era el sitio que consideraba su verdadero hogar.

Nada más imaginarse a Abby en el rancho con él, quiso hacerlo realidad cuanto antes. ¿Le gustaría el rancho? Miró los edificios de fuera, pero solo veía a Abby. Quería estar con ella y estaba deseando que llegara el fin de semana. Buscó un número en su ordenador y llamó a una tienda de Nueva York. Después de colgar, llamó a Abby y habló durante veinte minutos con ella hasta que un huésped le pidió algo y tuvo que colgar.

No se veía capaz de olvidarla. ¿Cuánto tiempo iba aquel beso a afectar a su vida? ¿Conseguiría quitársela de la cabeza después del viaje a Nueva York?

En la última conversación telefónica, habían acordado encontrarse en el pequeño aeropuerto de Beckett, que consistía en una oficina diminuta, un hangar pequeño y una pista demasiado corta para un avión comercial.

Al llegar, Abby se dirigió a la oficina y Josh salió a su encuentro.

En cuanto lo vio, se le paró el corazón. Todas las dudas acerca del viaje, desaparecieron. Para el vuelo a Dallas y luego a Nueva York, se había puesto unos pantalones azules y una blusa de manga larga con una chaqueta ligera, y se había dejado el pelo suelto. Se sintió aliviada al ver a Josh vestido con unos chinos, un jersey azul y botas.

–Hola, me alegro de verte –dijo él.

–Hola Josh. No dejo de preguntarme qué hago yendo a Nueva York, a la vez que estoy deseando verte y hacer este viaje. Es la cosa más emocionante que me ha pasado en mi vida.

–¿Más emocionante que cuando nos besamos en aquella sombra con forma de corazón? –preguntó, y sonrió.

–No, quizá no –contestó con sinceridad.

Josh borró la sonrisa de sus labios, mientras sus ojos marrones se oscurecían y se clavaban en la boca de Abby.

–Con una respuesta como esa, lo que me gustaría es llevarte a mi casa para pasar el fin de semana –dijo con voz profunda.

Ella volvió a sonreír y sacudió la cabeza.

–No es eso lo que habíamos acordado.

–Pues vámonos a Nueva York. Subamos al avión –dijo él sonriendo, y la tomó del brazo–. Estás muy guapa. Nunca te había visto con el pelo suelto.

–Gracias, me alegro de que te guste. Lo tengo un poco rizado y no es fácil de manejar.

–Siéntate junto a una ventanilla –le dijo Josh al entrar en el avión–. Como nunca has volado, disfrutarás con el paisaje.

–Estoy emocionada.

–Yo también, pero no por el paisaje de Texas.

El avión se colocó en pista y al cabo de unos minutos despegó. Fascinada, Abby se quedó mirando por la ventanilla hasta que Beckett desapareció.

Aterrizaron en Dallas. Allí cambiaron de avión a uno más grande y lujoso. Aunque le resultó fascinante el despegue y la sensación de velocidad mientras el avión se elevaba del suelo, nada de eso era comparable con la emoción de tener a Josh al lado. Sus temas de conversación eran variados y le contó más sobre su familia.

La azafata les sirvió refrescos y sándwiches, y por fin el piloto anunció que estaban llegando a Nueva York. Se quedó sin aliento al contemplar las vistas.

De camino al hotel, Abby se quedó fascinada con el paisaje y los sonidos.

–Josh, esto es alucinante: los edificios, el tráficos, los sonidos… Había visto fotos, pero en la vida real es muy diferente –dijo, y se volvió hacia él.

–Me alegro de que te guste. Es una ciudad fabulosa.

–Más que fabulosa. Puede que no quiera volver a casa.

Él sonrió.

–Avísame y veré cuánto tiempo podemos quedarnos.

–Estoy deseando salir del coche.

–Y yo estoy deseando llegar a la habitación del hotel –dijo él con voz seductora.

Cuando la limusina se detuvo ante la puerta del hotel, se bajaron y entraron en un elegante vestíbulo lleno de ramos de flores. De camino al mostrador de recepción, la gente fue saludando a Josh.

En el último piso, cruzaron un pasillo y Josh abrió una puerta.

–Esta es tu suite. La mía está al lado y la puerta que comunica ambas se cierra por las dos habitaciones.

Ella sonrió, contemplando la decoración.

–Esta suite es preciosa –dijo recorriendo con la mirada el amplio salón.

–Ven a ver mi suite. Tenemos que ir por la puerta del pasillo.

Lo siguió por el pequeño pasillo.

–Esta también es bonita –dijo ella.

Josh soltó sus cosas, atravesó la estancia y la tomó de la cintura.

–Llevo deseando que llegara este momento desde que me despedí de ti en la posada –afirmó, y se inclinó para besarla.

La rodeó con ambos brazos y la estrechó contra él mientras ella se aferraba a su cuello.

Lo único que deseaba eran los besos de Josh. Deseaba disfrutar de aquel emocionante fin de semana. Los huesos rotos sanaban, así que los corazones rotos debían sanarse también.

Le deslizó la mano por su cuello, acariciándole el pecho, la cintura y la cadera hasta llegar al muslo. Luego la tomó en brazos y atravesó con ella la suite para dejarla en la cama. Josh se inclinó sobre ella y siguió besándola hasta que lo apartó.

–Ten cuidado, Josh. A ver si esa vieja leyenda te va a embrujar.

–De momento, no me parece algo que deba temer.

Abby sonrió y cambió de tema.

–Creo que tengo que ir a comprarme unos vestidos.

–Sí, pero no he podido resistirme. ¿Quieres un momento para refrescarte? Quedan diez minutos antes de irnos.

Se apartó y le ofreció la mano para ayudarla a incorporarse.

–Sí.

–Iré a buscarte a tu suite dentro de diez minutos –dijo acompañándola a la puerta.

–Hasta entonces.

Abby cerró la puerta y se dispuso a arreglarse para la tarde, pensando en la noche que iba a pasar con Josh. La emoción aumentaba con el paso de los segundos. Iba a cenar en uno de los restaurantes más famosos de la ciudad con Josh. Y a bailar con él. Su corazón se aceleró al pensarlo y se sintió ansiosa. Iba a ser una noche para recordar.

***

Josh bajó con ella en el ascensor y la acompañó hasta la puerta de entrada.

–Me quedaré en el hotel mientras estés fuera. Tengo un par de reuniones. La limusina es tuya el resto de la tarde. Acuérdate de volver al hotel antes de las cinco.

El conductor, Reed, esperaba sosteniéndole con la puerta abierta. Se despidió de Josh, subió al coche y se dio la vuelta para verlo volver al interior del hotel. Todo en Nueva York le hacía recordar las diferencias que había en sus vidas. Estaba segura de que las mujeres con las que salía eran sofisticadas como él, guapas y acostumbradas a la misma vida.

La limusina se detuvo ante una tienda y Reed salió del coche para abrirle la puerta.

–Gracias, Reed.

–Aquí tiene mi número. Llámeme cuando esté a punto de terminar y vendré a buscarla.

–Gracias.

Se guardó la tarjeta y entró en la boutique sintiendo mariposas en el estómago. Aquella era una tienda muy diferente a la de Sandy Perkins en Beckett. Una atenta mujer llamada Hilda la estaba esperando y pronto se tranquilizó. Empezó a enseñarle una selección de vestidos y la hizo sentirse como una reina.

Finalmente eligió dos.

–Si quiere arreglarse el pelo –dijo Hilda–, hay un salón que puede darle cita. Es en la siguiente manzana, así que puede ir caminando.

Abby sonrió.

–Josh le ha pedido que me lo dijera, ¿verdad?

–No, lo cierto es que no. Solo pensaba que con sus nuevos vestidos, quizá le gustaría que la peinaran en la peluquería.

Abby se quedó pensativa unos segundos antes de asentir.

–Si pueden atenderme ahora, tengo tiempo, y puede ser divertido.

Hilda se marchó y al poco volvió.

–Tiene suerte. Le he pedido cita y pueden recibirla dentro de una hora.

–Gracias. Estoy segura de que no me arrepentiré.

Con las compras hechas, sentía tanta curiosidad por la ciudad que le pidió a Hilda que le guardara las bolsas mientras daba un paseo.

Se oían las bocinas de los coches y disfrutó caminando hasta el final de la manzana inmersa en aquel bullicio. La gente pasaba con prisa a su lado. Los sonidos y el ambiente eran muy diferentes a los de su mundo. Cruzó y volvió por la acera de enfrente, recogió sus paquetes y le dio las gracias a Hilda. Luego se fue a la peluquería y al cabo de otra hora llamó a Reed para que fuera a recogerla.

De vuelta al hotel, su nerviosismo fue en aumento hasta un minuto antes de que Josh apareciera en la puerta.

Comprobó una vez más su aspecto. La melena le caía a ambos lados de la cara en rizos sueltos. Vestía un sencillo vestido negro sin mangas que le llegaba hasta las rodillas, con un escote recatado,

pero que dejaba la espalda al aire. Llevaba sandalias negras de tacón y unos pendientes de aro de
plata.

Oyó los suaves golpes de Josh en la puerta y recogió un pequeño bolso negro. Cuando abrió, se
quedó sin respiración al verlo con un traje gris oscuro, corbata roja y camisa blanca. También reparó en su expreso de sorpresa.

–Estás espectacular –observó con voz grave–.
Quiero pasar, pero si lo hago, no nos iremos nunca al restaurante.

–Entonces salgo –dijo ella tomando una ligera
chaqueta negra antes de cerrar la puerta.

Reed los esperaba junto a la limusina y enseguida se incorporaron al tráfico de Nueva York.

–Muchas gracias. Me lo he pasado muy bien
yendo de compras y todo el mundo ha sido muy
amable conmigo. Me pregunto cuántas mujeres
has mandado a esa tienda a comprar vestidos.

–Lo cierto es que eres la primera. Mi madre
suele comprar allí y en las pocas ocasiones en que
mi hermana visita Nueva York, también va. Hilda
siempre las atiende –explicó Josh, y volvió a repa-
rar en su vestido negro–. Estás fantástica.

–Gracias –contestó–. ¿No tienes que ocuparte
de nada del hotel?

–No, ya he dejado resuelto todo lo necesario.
Estoy libre el resto del fin de semana, así que voy a
dedicarlo completamente a entretenerte.

El restaurante estaba en el último piso de un
edificio y las vistas eran espectaculares. Se senta-

ron junto a los ventanales en un salón de luz tenue, y con manteles negros, rosas rojas y velas en las mesas. Un cuarteto de cuerda tocaba y había una pequeña pista de baile, en la que todavía no había nadie bailando.

–Es increíble, Josh.

Un camarero se acercó y Josh pidió champán.

–Vamos a celebrarlo –dijo él una vez se quedaron de nuevo a solas.

–¿Qué quieres celebrar? ¿Que ya no estás atrapado en Beckett por la nieve o que hemos venido a Nueva York?

El camarero volvió y le mostró a Josh la botella que había elegido, antes de servirlo.

–Por tu primer viaje a Nueva York, para que sea una visita inolvidable y para que empieces a ver lo feliz que me has hecho por haber venido.

–Es un bonito brindis, pero no puedes estar hablando en serio. No creo que quieras recordar esta cena conmigo durante años ni que te importe si yo lo hago.

–Claro que la recordaré. Eres única en mi vida. No conozco a nadie como tú. Y de veras quiero que disfrutes este viaje. Es mi manera de darte las gracias por salvarme de la tormenta de nieve.

–A la vista de lo habilidoso que eres, estoy segura de que te las habrías arreglado muy bien.

Abby chocó su copa de champán con la de él y bebió el líquido dorado y burbujeante, sin dejar de mirarlo por encima del borde. Solía sentir una corriente de excitación cuando estaban juntos, y aquella noche era aún más intensa. Esperaba bailar con él y besarlo, y ese deseo mantenía la exaltación. Estando en lo más alto de Nueva York, se sentía completamente deslumbrada.

–Por tu nuevo hotel y por que no te quedes atrapado en ninguna otra nevada.

–Gracias.

Volvieron a chocar sus copas y bebieron.

Continuaron charlando y después de terminar de cenar Abby dejó el tenedor en el plato.

–¿Estás lista para bailar?

–Me encantaría –contestó ella mientras Josh rodeaba la mesa para sujetarle la silla.

En la pista de baile, se giró para tomarla entre sus brazos. Su corazón latió con fuerza mientras bailaba con él al ritmo de una antigua balada que tocaba un cuarteto de cuerda.

No podía dejar de pensar en cómo se estrechaba contra ella, abrazándola con fuerza mientras se movían al unísono. Le puso la mano en su espalda desnuda y Abby se estremeció. Mientras bailaban, Josh deslizó lentamente la mano hasta su cintura. Le costaba respirar y pensó en los besos que vendrían más tarde.

Al menos se movían bien juntos. Abby cayó en la cuenta de que querría hacerle el amor ese fin de semana.

Iba a volver a casa enamorada de Josh aunque sabía que nunca sería correspondida.

Capítulo Seis

A la una de la madrugada, después de un paseo por Times Square, regresaron al hotel.

–¿Quieres tomar algo? –preguntó Abby, dejando el bolso y la chaqueta en una silla de su habitación.

Él se quito la chaqueta y la corbata y se desabrochó el primer botón de la camisa.

–Sí. Debería haber una cerveza fría en esa nevera que hay en la cocina.

Fueron a la cocina y Abby miró en la nevera.

–Me tomaré un refresco –dijo ella sacándolo junto a la cerveza.

–Hace una noche agradable. ¿Quieres que nos sentemos en la terraza?

–Me gustaría apagar todas las luces y sentarme en la terraza a contemplar la ciudad. Me parece completamente fascinante.

–Me alegro de que te guste, y tengo que admitir que me sorprende. No pensé que fuera a gustarte demasiado. Creía que querrías volver enseguida.

–Claro que no. Podría pasar un año aquí y no llegar a ver todas las cosas que me gustaría. A la vista de que solo tenemos un día, sentémonos y cuéntame qué vamos a hacer mañana.

94

En el salón, Josh dejó las bebidas en la mesa y fue a abrir las puertas correderas de cristal. Una suave brisa entró desde la terraza.

—Es un hotel muy bonito.

—Llevo toda la semana esperando este momento —dijo él rodeándola con un brazo—. No he podido dejar de soñar con abrazarte y besarte, y no quiero esperar un minuto más.

Se inclinó para besarla y ella lo abrazó con fuerza, estrechándose contra él.

La besó con tanta ansia y desesperación que la hizo temblar. Deslizó la mano por su espalda hasta que dio con la cremallera en la cintura y la bajó lentamente. Ella gimió y empezó a desabrocharle los botones de la camisa. Quería acariciarlo, deslizar las manos por su cuerpo y excitarlo tanto como él la excitaba.

Josh pasó las manos por debajo de la parte delantera del vestido y tiró de la tela. Cuando se apartó, el vestido cayó hasta sus caderas y dio un paso atrás para contemplarla.

—Eres preciosa —dijo, dejando la camisa a un lado.

Luego tomó sus pechos con las manos y la acarició suavemente con los pulgares. La sensación la hizo estremecerse. Jadeó, cerró los ojos y se aferró a él.

—Abby, no he dejado de soñar con este momento —susurró, enderezándose para tomarle el rostro entre las manos—. Te deseo no sabes cuánto —añadió con voz grave.

Ella lo rodeó por el cuello y se puso de puntillas para besarlo. Josh la estrechó entre sus brazos mientras se besaban. Aquellos ardientes besos apasionados la hicieron olvidarse de toda precaución. Besarlo era lo más excitante que había experimentado jamás.

Lo deseaba con toda su fuerza mientras ella apenas significaba para él un entretenimiento pasajero. No sabía si podría soportarlo.

–Josh, no he venido a Nueva York a acostarme contigo –dijo ella apartándose–. Puede que pase, pero en este momento no estoy preparada. Sigo pensando que apenas nos conocemos. Me dijiste que no tenía ninguna obligación si aceptaba este viaje.

–No, no la tienes –replicó acariciándole el cuello–. No me gusta que ninguna mujer se sienta obligada entre mis brazos –añadió poniendo el vestido en su sitio–. Iremos más despacio. Sentémonos en la terraza a tomar las bebidas y hablemos. ¿Qué te parece?

–Me parece una buena idea –respondió ella, a pesar de que deseaba volver a lanzarse en sus brazos.

Josh se quedó mirándola un momento, como si estuviera tomando una decisión.

–Josh, se está muy bien aquí fuera.

Abby se acercó a la barandilla y se apoyó en ella. El viento agitaba sus largos rizos rubios. Estaba muy guapa con la espalda al descubierto, y sintió que se le secaba la boca. Había hecho lo que ella quería, pero había tenido que dominarse. Quería llevársela a la cama esa misma noche y estaba seguro de que con sus besos lo conseguiría, pero no quería ir en contra de sus deseos.

—No tienes vértigo, ¿verdad?

—No, me gusta contemplar la ciudad desde aquí. Estoy disfrutando mucho de las vistas.

—Me alegro —dijo él colocándose a su lado y rodeándola con un brazo por la cintura—. Un beso, solo uno, para recordar este momento.

No se negó, y se quedó mirándolo con los ojos abiertos como platos. Se inclinó para besarla y le hizo separar los labios con la lengua. Ella le devolvió el beso. Estaba excitado. La deseaba. Quería quitarle el vestido, llevársela a la cama y hacerle el amor.

En vez de eso, en cuanto sintió que se apartaba, la soltó.

—Bienvenida a Nueva York —susurró, y fueron a sentarse a la mesa.

—Es una ciudad fabulosa y este hotel es muy elegante.

—Me gusta. Esta cadena va bien, aunque es pequeña en comparación con las otras dos que tengo. Es la categoría de gran lujo.

—Es como un sueño.

—Me alegro. En parte es mi manera de darte las gracias por sacarme de esa tormenta.

—Todo salió bien y fuiste de gran ayuda.

—¿Tienes pensado trabajar para siempre en la posada?

–Probablemente. Justin y Arden no creo que quieran seguir ocupándose de ella conmigo cuando terminen la universidad. Justin está estudiando contabilidad y Arden quiere estudiar Derecho. Supongo que los dos dejarán Beckett. Ambos reciben becas y yo les ayudo con lo que saco de la posada, porque la peluquería de mamá no da para mucho.

–Creía que me habías dicho que no fuiste a la universidad.

–Y así es. Siempre he trabajado en la posada y cuando acabé el instituto lo hice a tiempo completo. Es lo que siempre había querido hacer. Te parecerá muy simple, ¿verdad? ¿Qué estudiaste tú?

–Estudié Ingeniería Agrónoma e hice un máster en contabilidad. Luego jugué al fútbol profesional hasta que tuve una lesión en un hombro y decidí seguir con mi vida. Compré una pequeña cadena de hoteles que conseguí hacer crecer, y creé otras.

–Un hombre muy ocupado.

–Ya te he contado que algún día me gustaría dedicarme a la ganadería. Me gustaría que conocieras mi rancho.

–Seguramente me gustaría tanto como esto.

Él sonrió.

–Ahora mismo mis negocios van viento en popa. Me gusta viajar y los retos y las satisfacciones que implica negociar. Pero echo de menos el rancho –dijo con una nota triste en su voz.

–Josh, si tanto te gusta, ¿por qué sigues en el mundo de los negocios cuando puedes hacer lo que más te gusta? Me dijiste que estaba dejando escapar la vida y creo que tú también.

—Puede que tengas razón —afirmó acariciándole la mejilla.

—Debería irme a mi habitación. El sol volverá a salir en pocas horas.

—Claro —dijo tomándola por los hombros—. Luego retiraré las bebidas.

La acompañó hasta su puerta y esperó a que la abriera. La siguió al interior y, una vez dentro, la tomó del brazo para que se girara y lo mirase.

—Quiero un beso de buenas noches.

Deseaba más que nunca tomarla en brazos y llevarla a la cama. Sabía que estaba entusiasmada por el recorrido del día siguiente, pero por lo que a él se refería, preferiría pasar el día haciendo el amor. Lo que más deseaba era verla feliz, así que si lo era recorriendo una ciudad que él conocía desde pequeño, estaba dispuesto a hacerlo por ella.

Puso toda su pasión en aquel beso hasta que ella lo detuvo.

—Josh, se está haciendo tarde. Tienes que irte.

Él suspiró.

—Sí, lo sé. Algún día te haré el amor durante horas —susurró, deseando que fuera pronto.

—Puede que ocurra, Josh —dijo mirándolo muy seria—. Ambos lo deseamos, aunque no es lo más sensato. Una vez más, lo estoy pasando muy bien.

Apenas reparó en sus últimas palabras, porque el corazón empezó a latirle con fuerza al oírle decir que ella también deseaba acostarse con él.

–Me alegro de que lo hayas pasado bien. Hasta mañana. Podemos quedar para desayunar o meternos en la cama.

Ella lo miró divertida y rio.

–Creo que prefiero desayunar. Recuérdalo.

–¿Cómo iba a olvidárseme?

Le dio un suave beso en los labios y se marchó.

Josh había planeado todo el día, empezando por una visita al edificio Empire State.

–Hace una mañana preciosa, estoy en el Empire State y tengo que hacerme una foto para mandarla a casa –dijo contemplando las vistas.

–Antes deja que te haga unas fotos para mandarle a mi familia. Quieren conocerte –comentó Josh, y después de hacer unas fotos con el teléfono de Abby, sacó el suyo e hizo lo mismo.

Luego, se hicieron una foto juntos y Abby se quedó mirándola. Llevaba unos pantalones negros y una camiseta y un jersey del mismo color. Josh llevaba un jersey y unos pantalones marrones.

–La próxima foto de los dos la haré yo –anunció y, rodeándola con los brazos, apretó el botón mientras se besaban.

–Esta no la voy a mandar a mi familia.

–¿No quieres que te vean besándome?

Ella sonrió.

–Contestaré a eso otro día.

–En la próxima parada de nuestro recorrido –dijo él tomándola del brazo.

Fueron a la Catedral de San Patricio, luego a la Estación Central y caminaron por la Quinta Avenida hasta Central Park.

–Josh, este parque es maravilloso. Lo había visto en películas, pero en la vida real es aún mejor.

A lo largo del día, Abby hizo fotos de los puentes que había visto en películas mientras Josh esperaba pacientemente y la llevaba de un sitio a otro.

A última hora de la tarde fueron a la Estatua de la Libertad. Entre la gente, Abby sacó su teléfono, lo rodeó por el cuello para besarlo e hizo una foto de los dos. En cuanto lo besó, él la tomó por la cintura y apretó con fuerza, devolviéndole el beso con más pasión de la esperada. Cuando la soltó, se sintió aturdida unos segundos más, olvidándose de todo lo que los rodeaba.

–Ya puedo contestarte a la pregunta que me hiciste hace un rato. No, no me importa que me vean besándote.

–Eso está bien, porque probablemente vuelva a pasar. Tu entusiasmo por todo te hace irresistible.

–Nunca nadie me había dicho eso antes. No hablemos de las otras razones, al menos no en público. Tú también eres irresistible. Quizá algún día te diga por qué.

–Eso es algo que me gustaría saber. Venga, ha llegado el momento de tomar el ferry de vuelta.

Volvieron al hotel para cambiarse de ropa para la cena. Abby se duchó y se secó el pelo, tratando de controlar sus rizos. Luego, se puso el otro vestido que se había comprado. Era de color vino y manga larga, ajustado, con una apertura en un lado de la falda y amplio escote. Lo complementó con las sandalias negras de tacón.

Se puso horquillas a cada lado de la cabeza y se cepilló la melena, dejando que le cayera en ondas sobre los hombros, tal y como había hecho la peluquera el día anterior.

Tomó el teléfono y repasó las fotos que se habían hecho durante el día. Se lo había pasado muy bien con Josh, pero eso no suponía ningún cambio en las grandes diferencias que había en sus estilos de vida, en sus ambiciones y futuros planes. Nunca se enamoraría de ella y tenía que tenerlo presente, porque ella ya estaba enamorada de él. No quería detenerse a analizar sus sentimientos mientras estaba con él. Estaba disfrutando mucho de unos momentos inolvidables. ¿Acabaría con el corazón roto?

Todavía no había tomado una decisión acerca de si harían el amor. Su determinación de no tener sexo antes del matrimonio la había tomado antes de conocer a Josh y, de momento, no quería que él fuera la razón para saltársela.

Oyó que llamaban a la puerta y fue a abrir. Allí estaba él, con un traje azul marino y una corbata a juego. Unos gemelos de oro añadían un toque sofisticado a su atuendo.

–Vaya. Estás deslumbrante.

–Gracias –contestó ella sonriendo–. Tú también.

–Me alegro de oírlo. ¿Lista?

–Claro, ya sabes que no puedo esperar.

Tomó el bolso y la chaqueta y cerró la puerta de su suite.

–Hoy vamos a mi restaurante favorito. Es de comida americana, carne y patatas, aunque también tienen otros platos. ¿Qué tal te suena?

–Tan estupendo como el francés. Me gustará si te gusta a ti.

–Eres muy alegre y complaciente.

–Me gusta serlo –dijo sonriendo.

–Tenemos este ascensor para nosotros –dijo tomándola del brazo e inclinándose para darle un beso.

Incluso un beso fugaz de Josh hacía que el pulso se le acelerara.

Aquel restaurante también estaba en el último piso de un edifico y tenía unas vistas espectaculares que no pudo dejar de contemplar mientras recorrían el salón. Un pianista tocaba una música ligera y su mesa ofrecía una perspectiva de la ciudad iluminada. Había una vela sobre el mantel blanco y enseguida apareció alguien para atenderles.

Ambos ordenaron bistecs y Josh pidió vino.

–Veo parejas bailando. ¿Te apetece bailar?

–Me encantaría –contestó ella, tomando la mano que le ofrecía.

Pasaron más tiempo bailando que comiendo. De todos los hombres con los que podía estar, ¿por qué tenía que ser un rico cuya vida era tan diferente a la suya?

Mientras reía por algún comentario que le había hecho, lo miró a los ojos y pensó que nunca se había divertido tanto como con él. También estaba convencida de que nunca disfrutaría de unos besos tan ardientes y apasionados. Nunca volvería a salir con Lamont ni se casaría con él. Después de estar en Nueva York, se daba cuenta de que la vida ofrecía muchas cosas y que no podía jugar sobre seguro y aceptar la forma de vida más conveniente. Había acusado a Josh de estar desaprovechando la vida, pero se daba cuenta de que no era el único. Tenía que salir y llevar una vida más completa.

A media noche, después de un baile, Josh la tomó de la mano para volver a la mesa.

–¿Te apetece volver al hotel? Charlaremos, nos besaremos, contemplaremos el paisaje… ¿O prefieres quedarte más?

–Vámonos al hotel.

–Bien, eso era lo que esperaba que dijeras.

Una vez en el hotel, de camino a la terraza con sus bebidas, Josh dejó las copas en una mesa y Abby sintió que se le aceleraba el corazón pensando en sus besos.

–Antes de que salgamos, ven aquí –dijo atrayéndola hacia él.

El corazón se le desbocó al sentirse entre sus brazos y levantó la cabeza para que la besara. Los ojos de Josh la miraron con deseo antes de clavarse en sus labios e inclinarse para besarla. Gimió de placer. Sus besos eran interminables y cada vez más apasionados. Sintió sus manos en la espalda y luego el fresco mientras Josh le bajaba la cremallera lentamente y lo dejaba caer al suelo. Lo apartó con los pies y se quitó los zapatos.

Con dedos temblorosos, le desabrochó la camisa y se la apartó hacia atrás, deslizando las manos por su pecho firme. Sus besos apartaron todo pensamiento de su cabeza. Solo quería seguir besándolo y retirar la ropa que los separaba. Aquel fin de semana había sido una experiencia única, y no iba a detenerse en aquel momento. Josh nunca se enamoraría de ella. El viaje acabaría, y volvería a casa y a su rutina de siempre. Viviría en Beckett el resto de su vida y algún día se casaría.

Aquella noche era la excepción a la vida que había planeado durante tanto tiempo. Quería los besos de Josh y su amor. Lo quería todo de él. No quería mirar atrás y arrepentirse por haberse perdido algo. Le desabrochó el cinturón, dejó caer el pantalón y él lo apartó con el pie. Estaba excitado, dispuesto para amarla. Abby quería sentir sus brazos rodeándola y sus besos. Le quitó las bragas de encaje y luego el sujetador.

Tomó sus pechos en las manos y la acarició con los dedos pulgares.

–Eres preciosa –dijo con voz grave.

Mientras la acariciaba, sus besos la hicieron estremecerse.

Abby recorrió su pecho con las manos hasta llegar al mentón, y luego siguió por su cara. Quería memorizar todo lo que estaba pasando esa noche. ¿Sería capaz de saltarse los límites que siempre se había impuesto? Aquella era una ocasión única en la vida para hacer el amor desenfrenadamente, de una manera que nunca esperaba que se repitiera.

Josh la llevó en brazos hasta la cama, encendió una pequeña lámpara y apartó la colcha antes de volver a mirarla.

–Abby, eres espectacular.

La abrazó y luego la besó, haciéndola sentir su erección. Ella le bajó la mano por la espalda hasta llegar a sus nalgas firmes y a sus muslos robustos.

Josh se apartó para mirarla otra vez, le rodeó suavemente los pechos con las manos y se inclinó para besárselos. Su lengua le provocó una oleada de placer que la hizo jadear, cerrar los ojos y aferrarse a sus hombros.

–Josh –susurró.

Abby deseaba abrirse de piernas para él y que le hiciera el amor. Ansiaba unir las caderas a las suyas, pero él seguía besándole los pechos.

Cuando Josh la tomó en brazos para dejarla sobre la cama, la pilló por sorpresa. Se arrodilló a su lado y le acarició el tobillo antes de empezar a subir por la pierna. El roce de sus dedos era ligero e iba seguido por sus labios y su lengua. Continuó avanzando por el interior de sus muslos, volviéndola loca de deseo.

–Josh –jadeó.

Se incorporó para abrazarlo y besarlo, recorriéndolo con su lengua. Su erección era imponente. Al acariciarlo, él hundió los dedos en su pelo. Jadeó y la besó apasionadamente hasta que cayeron en la cama.

–Espera –dijo, y se levantó de la cama.

Volvió a colocarse entre sus piernas y se puso un preservativo.

Respirando entrecortadamente, Abby se quedó mirándolo. Era guapo, apasionado y sexy. Extendió las manos y las colocó en sus muslos, sintiendo el vello debajo de las palmas.

Josh se echó encima, clavando su mirada en ella mientras la besaba. Abby cerró los ojos y lo envolvió con sus brazos. Comenzó a penetrarla lentamente y de repente se detuvo.

–¿Abby, ¿estás segura de que quieres hacer esto? Eres virgen –dijo él frunciendo el ceño.

Se sujetó a él con las piernas y lo atrajo hacia ella.

–Hazme el amor. Sé muy bien lo que quiero –le deslizó las manos por la espalda hasta llegar a sus nalgas–. Josh, te deseo.

Volvió a colocarse encima y se hundió en ella. Abby sintió un ligero malestar y empezó a moverse al mismo ritmo. Una mezcla de dolor y placer la hizo agitarse desenfrenadamente debajo de Josh, hasta que alcanzó el clímax a la vez que él llegaba al suyo.

Poco a poco, sus respiraciones volvieron a la normalidad. Él se giró y la besó.

–Abby, eres muy especial –susurró.

Llevada por la euforia, tiró de él para besarlo otra vez. Abrazado a ella, rodó sobre el costado manteniendo las piernas entrelazadas.

Se aferró a él, embargada por la felicidad. En

aquel instante, Josh era suyo y el mañana no existía. Esa noche disfrutaría de cada momento y haría el amor con él. Aquello era la perfección, lo que siempre había deseado, y nunca olvidaría esa noche ni ese fin de semana. Probablemente no volvería a sentir aquella excitación con nadie.

Estaba enamorada de él, pero no quería que lo supiera. Cuando se fuera, no quería que se sintiera culpable. Quería que pensara que su corazón no estaba más afectado que el suyo.

Le acarició la espalda sintiendo sus fuertes músculos y su estrecha cintura. Estaba deseando abrazarlo y acariciarlo el resto de la noche.

—Me alegro de que hayas venido a Nueva York. Está siendo una noche inolvidable, con una mujer única en mis brazos.

—Es apasionante. Siempre recordaré este fin de semana.

—Lo recordaremos los dos.

La abrazó en silencio y, al cabo de unos minutos, cambió de postura para mirarla.

—¿Te apetece un baño caliente?

—No sé si puedo moverme.

—Te llevaré en brazos.

Salió de la cama y cargó con ella. Abby lo rodeó por el cuello y lo besó de camino al baño. Poco después estaban en la bañera. Ella se sentó entre sus piernas y se recostó en él mientras hablaban, saltando de un tema a otro. Se sentía muy relajada por todo lo que había pasado aquella noche.

Cuando salieron de la bañera, se secaron mutuamente con movimientos lentos y sensuales. Josh apenas rozó sus pechos con la toalla, y no dejó de mirarla con intenso deseo.

Abby respiró hondo y alargó los brazos para tocarlo. Él se acercó y la besó apasionadamente, como si fuera la única mujer que fuera a haber en su vida. ¿Cómo conseguía hacerla sentir tan especial?

Ella le correspondió y puso todo su corazón en sus besos, recorriéndolo con sus manos y deseando despertar en él el mismo urgente deseo que sentía.

Josh la llevó hasta la cama y siguió acariciándola, tomándose su tiempo.

–Josh, te deseo ahora –susurró, y tiró de él para besarlo con desesperación.

Él alargó la mano y tomó un preservativo de la mesilla.

Luego se colocó sobre ella y la penetró, moviéndose lentamente. El deseo y la desesperación fueron aumentando. Ella se aferró a él. Solo podía pensar en su cuerpo musculoso, en sus manos y su boca, en su miembro erecto, y acabó agitándose debajo de él hasta que alcanzó el orgasmo.

Una oleada de sacudidas recorrieron su cuerpo, lo que provocó que Josh llegara al clímax. Lo oyó gemir y sintió que sus brazos la estrechaban. Abby respiraba entrecortadamente y se dejó llevar por las sensaciones.

¿Cómo no enamorarse de él después de aquella noche? Ya pensaría la respuesta. En vez de eso, lo besó y lo abrazó con fuerza. Esa noche, los problemas no existían, y tenía que disfrutar del momento.

Por la mañana, cuando la luz del sol entró por las ventanas, Josh la abrazaba con fuerza. Se puso de lado para incorporarse y la miró. Unos mechones de pelo le cayeron por la frente y ella se los apartó suavemente con los dedos. Todo en él le fascinaba y no podía dejar de tocarlo.

–Es evidente que haces ejercicio –afirmó ella acariciándole un hombro.

–Sí, algún día volveré al rancho y no quiero estar esmirriado. Menos aún para hacer el amor –dijo, y sonrió–. Esta tarde nos iremos. Pensaba llevarte fuera a desayunar, pero ¿prefieres hacerlo aquí en la terraza? Puedo llamar al servicio de habitaciones.

–Me encantaría desayunar en la terraza, si no hace demasiado frío fuera.

–Si lo hace, desayunaremos aquí. Iré a por la carta para que me digas qué te apetece.

Se levantó de la cama y se colocó una toalla alrededor de la cintura.

Abby ahuecó las almohadas, se sentó y se cubrió con las sábanas. Josh volvió con la carta y se metió en la cama, después de quitarse la toalla.

–¿Ves algo que te apetezca?

–Lo que veo es un hombre muy guapo al que estoy deseando besar –dijo, y se quedó observándolo.

La expresión de Josh cambió y se volvió para rodearla con sus brazos. Tiró de ella hasta colocarla sobre su regazo y la besó.

Una hora más tarde, Josh volvió a preguntarle qué quería para desayunar.

–La última vez que hice esa pregunta, me dio muy buen resultado, así que tengo que intentarlo de nuevo –concluyó.

Sonriendo, Abby se asomó por el borde de la cama, recogió el menú del suelo y se puso a leerlo.

–Esta vez voy a pedir algo porque tengo hambre.

Media hora después estaban sentados en albornoz en la terraza, desayunando.

–Me encantan las vistas –dijo ella, y sacó su teléfono del bolsillo del albornoz–. ¿Puedo hacerte una foto?

–¿Con este albornoz?

–Sí, ¿te parece bien?

–Claro, si es lo que quieres.

Le hizo la foto y sonrió.

–Cada minuto ha sido especial.

–Para mí también, Abby. Ven conmigo al rancho. Si salimos esta tarde, llegaremos por la noche. Quédate un par de noches y luego te llevaré a casa.

Ella se quedó mirándolo.

–Tu familia se las arreglará –continuó, y se acercó para acariciarle la nuca–. Quiero enseñarte mi rancho.

Ella asintió.

–Si alguien puede cubrirme, iré. Ahora mismo llamo.

Sacó el teléfono y se separó de él para hablar con su madre. Mantuvo la voz baja y se despidió, dándole las gracias.

–Mi madre me ha dicho que la recepción está cubierta y que lo pase bien.

Lo cierto era que su madre había terminado la conversación diciéndole que tuviera cuidado. Temía que Josh le rompiera el corazón.

–El martes tengo que estar de vuelta en casa –añadió–. Ya he terminado de desayunar.

Josh se puso de pie y rodeó la mesa para tomarla en brazos y llevarla al dormitorio. Abby se quitó el albornoz, se metió en la cama con él y lo rodeó con un brazo por el cuello mientras deslizaba la otra mano bajo las sábanas. Estaba excitado, dispuesto para hacer el amor otra vez, y la hizo sentarse a horcajadas sobre él.

–No me canso de ti –susurró.

–Eso espero –replicó él.

Luego tomó sus pechos entre las manos y besó uno y después el otro, antes de hundirse en ella con la misma desesperación que la primera vez.

Más tarde, se sentaron en la terraza después de pedir algo para comer.

–Josh, esto es maravilloso.

–Todo te parece bien. ¿Alguna vez has estado

en algún sitio que no te haya gustado? –preguntó divertido.

Abby dejó de contemplar el perfil de la ciudad y se giró para mirarlo.

–No, supongo que no. No viajo mucho y, cuando lo hago, me gustan los sitios que visito. Algunos son más espectaculares que otros y este es, sin duda alguna, el más impresionante de todos.

–Tengo que reconocer que no pensé que fuera a gustarte tanto –dijo, y se volvió hacia el paisaje–. Cuando pienso en Nueva York, se me vienen a la cabeza las sirenas en mitad de la noche, las hordas de gente, lo difícil que es encontrar un taxi libre... Llevo viniendo aquí con cierta frecuencia desde que tenía diez años. Al principio, de niño, con mi familia. Luego por negocios. A veces me canso de los sitios o de las cosas que conozco bien.

–Bueno, pues mantén una actitud positiva mientras estés conmigo, por favor.

–Si eso te agrada, haré todo lo posible para hacer lo que quieres.

–¿Por qué lo paso tan bien contigo? –preguntó ella sonriendo–. Porque eres encantador. Esa es la respuesta a mi pregunta. Haces que el corazón me baile en el pecho.

–Eso espero, y en un minuto vamos a olvidarnos de la comida que hemos...

Unos golpes en la puerta lo interrumpieron.

–Ahí está –añadió Josh, poniéndose de pie–. Ya me ocupo yo.

Se fue y Abby aprovechó para fijarse en los edificios de alrededor, algunos más altos que el hotel. Estaba deslumbrada por la ciudad y por Josh, de quien estaba más enamorada por momentos. Estaba convencida de que sus sentimientos por ella eran superficiales y no tenían nada que ver con lo que ella sentía.

Confiaba en volver con facilidad a su vida en Beckett y atesorar en su memoria aquellos días que había pasado con Josh. Sabía que su relación con Lamont estaba acabada. No podía volver a aquello y tampoco sería justo para él. No estaban enamorados ni se atraían.

Volvió a pensar en Josh. Aunque se enamorara perdidamente de ella, cosa que sabía que no ocurriría, no podía unir su vida a un embaucador, a un hombre de mundo que la convencería con sus dulces palabras de hacer lo que él quisiera y que algún día desaparecería, como su padre.

Lo cierto era que confiaba en que lo suyo no llegara nunca a convertirse en una relación. No quería arriesgar tanto. Le rompería el corazón y nunca sería capaz de superarlo. No estaba segura de que su madre hubiera superado lo de su padre o que hubiera dejado de amarlo.

Un camarero apareció empujando un carrito y empezó a colocar platos en la mesa.

Mientras comían, siguió perdida en sus pensamientos. ¿Recordaría aquel fin de semana con alegría o sería la confirmación de lo aburrida que era su vida en Beckett?

Capítulo Siete

A la una de la tarde, se pusieron de camino al rancho. Al llegar a Dallas cambiaron de avión para volar hasta Verity, en donde Josh tenía un coche esperando. Salieron de Verity al anochecer y atravesaron paisajes muy similares a los de Beckett.

Nada más dejar la carretera, tomaron un camino de tierra y pasaron bajo un arco de hierro negro con un círculo en el centro. Dentro del círculo se leía: «Rancho J.C.».

Después de que llevase conduciendo diez minutos sin ninguna señal de vida, Abby no pudo ocultar su asombro.

–¿A qué distancia está tu casa?

–A bastante –contestó él–. No quiero vivir cerca de la carretera y ver el tráfico desde la ventana ni que la gente vea mi casa. Quiero ver campo abierto.

–Es evidente que no hay peligro de eso –replicó ella, incapaz de imaginarse a Josh viviendo aislado.

La oscuridad los envolvió hasta que subieron una pequeña colina, desde donde se veían luces.

Al poco empezaron a pasar junto a graneros iluminados, corrales y otras construcciones anexas. Pero lo que llamó la atención de Abby fue una gran casa de pizarra gris, rodeada por un porche

115

con barandilla de madera en el que había dos balancines y varias mecedoras. Unos focos iluminaban unos viejos robles y un estanque con fuentes.

–No sé cómo eres capaz de salir de aquí.

El entorno le pareció bonito, tranquilo y acogedor.

–Yo mismo estoy empezando a preguntármelo –contestó muy serio–. ¿Alguna vez has montado a caballo?

–Por supuesto. En Beckett todos conocemos a alguien que tiene caballos.

–¿Quieres que montemos a primera hora?

–Me encantaría –contestó ella.

–Más tarde, saldremos en la camioneta y te enseñaré el resto del racho. ¿Qué te parece una barbacoa para mañana por la noche y luego bailar?

–Suena divertido. Recuerda que tengo que volver a casa el martes. Mi madre tiene que atender a sus clientas y mis hermanos tienen clases.

–Te llevaré a casa el martes, te lo prometo.

Josh siguió conduciendo por un camino circular hasta la parte de atrás y allí se bajaron. Un hombre se levantó de una mecedora y se acercó a ellos.

–Hola, Josh, déjame que te ayude con tus cosas.

–Te dije que no hacía falta que nos esperaras –dijo Josh, y tomó del brazo a Abby–. Abby, te presento a Hitch Watkinson, mi capataz. Hitch, ella es Abby Donovan, de Beckett, en Texas.

–Me alegro de conocerla, señorita Donovan.

–Encantada de conocerlo –replicó ella, y sonrió a aquel hombre moreno de tez bronceada.

–Déjalo todo en la entrada, Hitch. A partir de ahí, ya me ocupo yo.

–Está bien. Me alegro de que hayas venido.

Josh sacó la llave y abrió la puerta.

–Estaremos solos en la casa hasta que lleguen los empleados mañana.

Hitch metió el equipaje dentro y se despidió antes de marcharse.

Se quedaron en medio de un gran vestíbulo, lleno de cuadros y muebles de nogal. Varios pasillos conducían a las diferentes partes de la casa.

–Te la enseñaré –añadió Josh.

–Parece una casa enorme, ¿cuántos dormitorios tiene?

–Siete. A veces viene toda mi familia. También suelo tener compañía en la época de caza. Además, hay cuatro pabellones de invitados en el rancho. Algunas de las personas que trabajan aquí tienen sus casas dentro de la finca. Hitch es una de ellas. Subamos el equipaje primero y luego te enseñaré esto.

Josh se colgó del hombro las bolsas de viaje. Subieron por la escalera circular hasta la segunda planta y recorrieron otro gran pasillo.

–Esta es mi habitación –dijo mostrándole una estancia mayor que el salón de la posada.

El mobiliario era típico del oeste, con butacas de cuero marrón y un enorme sofá delante de la chimenea de piedra. Una pared estaba llena de estanterías mientras la otra era de cristal. Josh dejó las bolsas en una silla y cerró las cortinas antes de volver junto a ella.

–Tienes una casa muy bonita –dijo Abby, y recordó las tres noches que había pasado durmiendo en el pequeño sofá de su suite–. Me alegro de que no viniéramos aquí primero. Supongo que habríamos cancelado el viaje. No sé por qué has querido llevar a alguien como yo a Nueva York.

La tomó por la cintura y la miró a los ojos.

–Te invité a salir porque quería estar contigo. Lo he pasado muy bien y no quiero que el fin de semana termine. Por eso te pedí que vinieras. Eres la primera mujer que traigo a esta casa.

Sorprendida, se quedó mirándolo. El corazón le latía con fuerza. Si al menos sintiera algo por ella… No podía engañarse, no era su tipo. Era el tipo de hombre del que se había prometido no enamorarse jamás. Pero ya se había enamorado de él y no quería ir más lejos. Su opinión respecto a los hombres como su padre no había cambiado.

–Josh, ha sido un fin de semana maravilloso. No espero nada más y no hay ninguna duda de que no estamos hechos el uno para el otro.

La estrechó entre sus brazos y su mirada se oscureció de deseo. Se inclinó para besarla y unió su boca a la suya. Fue un beso que la hizo pensar que estaba enamorado. Pero sabía que no podía engañarse.

Entonces dejó de pensar. Apartó toda precaución y sensatez y le devolvió el beso, dejándose llevar por una espiral de pasión y olvidándose del mundo y de los problemas.

Apenas se dio cuenta de cuando la tomó en brazos y la llevó a su cama.

Estaba amaneciendo cuando Josh se despertó y miró a Abby, tumbada a su lado y acurrucada contra él. Le apartó un mechón de pelo de la cara. No acababa de entender la reacción que le provocaba ni por qué no se cansaba de ella.

Pensaba que quedaría satisfecho con el fin de semana y que perdería interés en ella. ¿Por qué lo atraía tanto si tenía muchas cosas que no le gustaban? Era virgen, algo que lo había asombrado y que le había hecho pensar en lo importante que iba a ser para ella siendo el primer hombre con el que había estado.

Su reacción no había sido la que era de esperar. Después de dejar que la sedujera y que la despojara de su virginidad, había pensado que querría algún tipo de relación con él. Pero no había sido así. Todavía lo consideraba un hombre indeseable para mantener una relación duradera. Seguramente se mantenía firme en sus principios sobre lo que quería y no quería. ¿Por qué le molestaba tanto estar en la categoría de lo que Abby no quería? Debería sentirse aliviado y no importarle, pero le pasaba lo contrario.

Quizá no fueran compatibles y lo suyo fuera solo sexo. Pero teniendo en cuenta que no se habían acostado hasta el sábado por la noche después de pasar juntos días en la posada y el viernes en Nueva York, no parecía que fuera solo lujuria.

No había pensado en el futuro. Su plan era divertirse en Nueva York, llevarla a casa y olvidarla. Eso era lo que ella quería que hiciese. No era el tipo de hombre que quería en su vida.

Josh se quedó contemplando su delicada piel, sus largas pestañas, su suave melena desparramada en ondas sobre sus hombros desnudos y la almohada... Sacudió la cabeza. No entendía sus sentimientos. En aquel momento, quería despertarla y hacerle el amor. Aquello debía de ser solo sexo, porque no había nada más entre ellos. Pero entonces ¿por qué había querido llevarla al rancho?

Se quedó tumbado mirando la habitación. La lámpara quemaba y alargó el brazo para apagarla. La oscuridad los envolvió. Se dio la vuelta y la abrazó con fuerza.

Ella suspiró y lo rodeó con sus brazos. Su respiración era profunda y acompasada. Quería despertarla con un beso y hacerle el amor, pero dejó que durmiera mientras intentaba comprender por qué deseaba tan desesperadamente estar con ella.

El lunes, pasaba del mediodía cuando se levantaron y Josh se dispuso a preparar el desayuno.

–El paseo a caballo tendrá que ser otro día. Lo que quiere decir que tendrás que volver –dijo él y sonrió–. Me gustaría que volvieras, Abby.

–Gracias –contestó, consciente de que eso nunca ocurriría–. ¿Cuándo compraste este rancho? –preguntó.

–En cuanto pude, después de acabar la universidad –respondió.

Siguió hablándole del rancho mientras comían huevos revueltos y tostadas. Tenían cuencos con fresas, arándanos y moras, y el café humeaba en tazas de porcelana.

–Cuando acabemos de comer, podemos dar una vuelta por el rancho. O podemos irnos a mi habitación.

–Opto por ver el rancho, porque esta será mi única oportunidad.

–En este viaje –señaló él.

Una hora más tarde, se encontraron en el vestíbulo, dispuestos a recorrer la finca. Josh parecía un cowboy. Se había puesto una camisa y unos pantalones vaqueros, un amplio sombrero marrón y unas botas.

–Estás estupenda.

Su aspecto no era muy diferente a como la había visto en la posada, salvo que tenía el pelo suelto. Llevaba un jersey rosa, unos vaqueros y unas botas.

Hacía una radiante tarde de primavera. El cielo estaba despejado y corría una suave brisa. Antes de salir, Josh tomó una cazadora vaquera y le dio otra a Abby. En la camioneta, le habló de ganado y de caballos. Era evidente que disfrutaba del rancho y que sabía mucho para ser alguien que pasaba poco tiempo allí.

Josh se detuvo al lado de un viejo molino de viento que ya estaba en el rancho cuando lo compró. Luego condujeron hasta el punto donde se levantaban tres altos álamos. Salieron de la camioneta y caminaron hasta un arroyo que se ensanchaba en un pequeño estanque antes de volver a estrecharse. Jake se sentó en un peñasco y la ayudó a sentarse a su lado.

—Este es uno de mis sitios favoritos. En verano, aquí a la sombra se está fresco y solo se oye el agua correr. Un antiguo propietario colocó estas rocas aquí para crear una piscina natural. A veces vengo, me siento un rato y disfruto de la tranquilidad. Es un buen lugar para pensar y no hacer nada más que disfrutar.

—Tal vez no te estás perdiendo tanto como yo pensaba —dijo, sorprendida de que disfrutara de momentos como los que describía.

—Tengo que admitir que hace dos o tres años que no venía aquí. Cada vez lo tengo más difícil porque estoy muy ocupado.

—Quizá deberías buscar la manera de pasar más tiempo en el rancho.

—No dejo de pensarlo. Lo cierto es que tú me has hecho pensar en ello.

—¿Y eso?

—Supongo que es porque no dejas de decir que hay que disfrutar de la vida. Esta es la vida que realmente me gusta.

—Aun así has elegido dedicarte al mundo de los negocios. Vuelvo a pensar que te estás perdiendo muchas cosas en la vida.

—Después de ver lo mucho que has disfrutado

de Nueva York, de venir aquí conmigo y de unas cuantas cosas más, retiro mi comentario de que eras tú la que se estaba perdiendo muchas cosas en la vida. Sabes saborear cada minuto y eres fácil de complacer.

Se quedaron en silencio y Abby se quedó escuchando el sonido del agua, mientras analizaba la vida de Josh.

Al cabo de un rato, él se levantó y le tendió la mano.

—Volvamos. Tenemos que prepararnos para esta noche.

Abby se dio cuenta de que estaba inmerso en sus pensamientos.

Eran casi las ocho de la tarde cuando entraron en una ruidosa y concurrida cantina. Unos violinistas y un guitarrista, con el acompañamiento de un teclado, amenizaban el local. Nada más pedir una cerveza y una limonada, Josh la tomó de la mano y la llevó a bailar.

Se movieron en la pista entre otras parejas y Abby lo observó sintiendo que el deseo iba en aumento. Conocía a más de la mitad de la gente que había allí y saludaba a unos y otros al cruzarse con ellos. Aquella noche, llevaba el atuendo típico del oeste, con un sombrero blanco, una camisa azul marino, unos vaqueros estrechos, un cinturón ancho y unas botas. Era el más guapo del lugar.

Abby estaba ansiosa por irse. Era su última noche juntos y deseaba sus besos más que nunca. Quería perderse entre sus brazos y hacer el amor. Le había cambiado la vida. El futuro era una incertidumbre, pero no se arrepentía de haber conocido a Josh y de todo lo que había pasado desde entonces.

Bailaron tres canciones y los músicos se tomaron un descanso. Mientras charlaban a la espera de que la música comenzara de nuevo, un vaquero alto y moreno se acercó hasta ellos.

—Hola, señor Calhoun.

—Buenas noches, Johnny Frank.

—Hace tiempo que no le veía por aquí.

—Hacía tiempo que no venía a casa. Te presento a Abby Donovan. Abby, él es Johnny Frank Smith.

—No es de aquí, ¿verdad? —le preguntó Johnny a Abby.

—No, soy de un pueblo de Texas llamado Beckett.

—Señor Calhoun, ¿le importa si bailo con la señorita Donovan?

—Lo que ella quiera —respondió Josh.

Johnny se volvió hacia Abby y sonrió. Ella le devolvió la sonrisa.

—Gracias, es muy amable. Como he venido con Josh, creo que será mejor que me quede con él. Pero le agradezco que me haya invitado a bailar y me alegro de haberle conocido.

—Lo entiendo. Hasta luego —dijo sonriendo, y se marchó.

—Gracias por decirle que no. Hay otros hombres mirando y puede que haya más invitaciones. La verdad es que me apetece volver al rancho para tenerte para mí solo. ¿Te importa?

–No me importa –contestó ella sonriendo–. Yo también lo prefiero.

–Pues no me lo digas dos veces –dijo.

La rodeó por la cintura de manera posesiva y se dirigieron a la puerta.

–Ha sido breve, pero divertido –comentó ella una vez fuera.

–Si nos hubiéramos quedado, te habrías convertido en la reina del baile. Ya lo verás. No te sorprendas si Johnny aparece en Beckett buscándote.

–Lo dudo.

Josh la estrechó por la cintura y la hizo volverse hacía él. Luego la abrazó y la besó de forma posesiva.

Cuando la soltó, ambos respiraban con dificultad.

Por el camino de vuelta al rancho, Abby no dejó de observarlo.

–Estás muy callado.

–Gracias de nuevo por decirle a Johnny Frank que no. Me han dado ganas de darle un puñetazo.

–Cielo santo, me alegro de que te hayas contenido.

–Nunca he pegado a nadie. Simplemente no quería que bailaras con él. Me provocas reacciones que nunca antes había tenido. Contigo he vivido experiencias que me eran desconocidas.

–A mí me pasa lo mismo contigo –afirmó, evitando decirle que le había cambiado la vida–. Las únicas experiencias nuevas que se me ocurren que has vivido son haber dormido en un sofá pequeño y haber invitado al señor Hickman a pescar. También fregar platos y limpiar de nieve la entrada de mi casa.

–Todas esas cosas las hacía de pequeño. Y he dormido en peores sitios. No sabes cuánto me alegré de encontrar un sitio donde quedarme.

Abby se quedó callada, contemplando la oscuridad del paisaje mientras pensaba en el fin de semana que había pasado con él.

Nada más entrar en la casa, la atrajo hacia él.

–No me canso de ti –susurró, y unió los labios a los suyos.

Al día siguiente, la llevó al avión que la trasladaría de regreso a Beckett. Estaba al pie de la escalerilla mirándola, incapaz de resistirse a acariciarla. Deseaba que se quedara más tiempo y no quería decirle adiós.

–He pasado un fin de semana estupendo y ha sido muy especial.

–Para mí también, Josh. Gracias por todo.

–Cuando aterrices en Beckett, Benny irá a recogerte para llevarte a la posada –dijo, y tiró de ella para besarla–. No quiero soltarte.

–Vas a tener que hacerlo.

–De veras no quiero. Quédate conmigo. Puedo contratar a alguien para que se ocupe de la posada. Quédate a vivir conmigo y acompáñame en mis viajes. Será como el fin de semana solo que mejor. Podré enseñarte el mundo. Lo pasaremos muy bien juntos.

–Josh, no puedo hacer eso. Tengo una familia y unas responsabilidades.

–Me haré cargo de las responsabilidades y podrás ir a ver a tu familia siempre que quieras. Puedo ocuparme de contratar a gente para que lleve la posada siempre que no estés allí.

–No puedo vivir contigo. Mi respuesta es un no rotundo y ni siquiera tengo que pensarlo.

–Quiero que lo pienses.

–No, no funcionaría –replicó negando con la cabeza–. No estropees el fin de semana. Ha sido maravilloso, un sueño. Tú y yo no tenemos futuro. En el mío no está irme a vivir contigo y viajar. Mi vida nunca ha sido así y nunca lo será.

Josh se apartó.

–Seguiremos en contacto. Cuídate.

–Gracias.

Abby subió la escalerilla hasta el avión y se asomó por una de las ventanillas. Le dijo adiós con la mano y él hizo lo mismo. Luego se dio la vuelta y se apartó del avión, que estaba a punto de despegar.

La invitación para que se fuera a vivir con él había sido impulsiva, impropia de él, sabía que nunca aceptaría su oferta. También tenía la sensación de que se había sentido insultada por la propuesta. No había pretendido ofenderla, ni mucho menos.

Quería tenerla con él y volver a verla. No quería despedidas.

Respiró hondo. Tenía que olvidarla y seguir con su vida.

Al subirse al coche, el avión despegó. Josh se quedó inmóvil, convencido de que acababa de salir de su vida.

En Beckett, Benny la estaba esperando y recogió el equipaje para meterlo en el taxi. De camino al pueblo y a la posada, la miró por el retrovisor.

—He oído que has estado en Nueva York. ¿Qué te ha parecido?

—Es una ciudad maravillosa en la que se pueden hacer muchas cosas. Si viviera allí, no creo que pudiera hacer todo lo que me gustaría.

—Así que lo has pasado bien. ¿Has estado con Josh Calhoun? Es un buen tipo.

—Sí, lo es, Benny. Me ayudó mucho en la posada, cuando Justin y Arden no estaban.

—Me dio la mejor propina que he recibido jamás. Seguramente lo hizo porque le ayudé a encontrar un sitio donde quedarse. ¿Qué viste en Nueva York?

Mientras se lo contaba, pensó en Josh y en el fin de semana que habían compartido. Había sido maravilloso, un sueño hecho realidad hasta el momento en que, al pie del avión, le había pedido que se fuera a vivir con él. Se había comportado como lo que siempre había pensado que era, un

128

embaucador que no creía en las relaciones serias. Su invitación había sido la prueba de que necesitaba poner distancia entre ellos, algo que no iba a ser difícil, porque el tiempo y la distancia los separarían de todas formas. Trató de concentrarse en las preguntas de Benny sobre Nueva York, consciente de que la esperaba otra batería de preguntas en la posada.

Por suerte, cuando llegó, Justin estaba a cargo. Él le haría menos preguntas que su madre.

Se fue a su habitación para cambiarse y recordó a Josh allí, besándola. El recuerdo le resultaba doloroso.

El teléfono le empezó a sonar y vio que era él. No le apetecía contestar y volvió a guardarse el móvil en el bolsillo.

Se cambió, volvió a oír el teléfono y lo dejó sonar al ver que era él otra vez. No estaba preparada para hablar con Josh todavía. Se sentía al límite de sus emociones. Tenía que apartarlo de su vida e iba a ser difícil. Ya le había resultado doloroso que le pidiera irse a vivir con él y que dejara su vida y su familia de lado por su propio placer. Seguramente la compensaría con vestidos y regalos que carecían de importancia para ella. Estaba decidida a quitárselo de la cabeza y apartarlo de su vida.

Salió de su habitación con los regalos que había llevado para Justin y Arden. Al avanzar por el pasillo, las puertas del ascensor se abrieron y apareció Lamont con un maletín en la mano.

–Hola –dijo tratando de disimular su sorpresa.

–Abby. Así que has vuelto. ¿Qué tal Nueva York?

–Hice mucho turismo y me divertí. ¿Has estado con el señor Hickman?

–Sí, Edwin tenía que firmar unos papeles y resulta más fácil que yo venga. Abby, creo que deberíamos quedar para cenar y hablar. Tenemos que reconsiderar nuestra decisión de dejar de vernos. Tengo algunas preguntas que hacerte. Ahora no es el sitio ni el momento porque nos pueden interrumpir en cualquier momento. ¿Puedes quedar para cenar mañana?

–Todavía creo que necesitamos tiempo y distancia y salir con otras personas. No estamos enamorados ni nunca lo hemos estado. Quizá nos estemos perdiendo la oportunidad de encontrar un futuro mejor. Dejémoslo así de momento.

–Creo que estás dejando que ese tal Calhoun te influya. No se casará contigo, Abby. Deberías reconsiderar tus decisiones porque puedes estar cometiendo un gran error.

–No quiero casarme con él. Ahora mismo, mantengo mi decisión sobre lo nuestro. Además, estás muy ocupado con el trabajo.

–Eso es verdad. Ya hablaremos en primavera, aunque si cambias de opinión y te apetece salir, llámame.

–Gracias, Lamont. Lo haré. Tengo que relevar a Justin –dijo, y enfiló hacia la recepción.

Lamont caminaba a su lado.

–Quizá tengas razón y debería salir con otras personas una temporada.

–Creo que es buena idea.

–Los solteros de Beckett no te invitan a salir porque creen que estamos juntos. En cuanto me vean salir con otra mujer, te pedirán una cita. Además, casi todo el mundo del pueblo sabe que has estado en Nueva York con un hombre de Dallas.

Ella sonrió.

–No quiero salir con otros del pueblo.

–Abby, no te olvides de que puedes contar conmigo si necesitas hablar. Pase lo que pase, somos amigos.

–Por supuesto, Lamont. Eres muy amable y valoro mucho tu amistad –replicó, e impulsivamente le dio un beso–. Sigue trabajando y ya hablaremos.

Él se quedó mirándola.

–Supongo que debería haberte prestado más atención.

–No te culpes. Creo que esto es lo mejor para ti también.

–Quizá. Cuídate.

Lamont la dejó en el descansillo y salió por la puerta. En aquel momento, estaba más segura que nunca de que no se casaría con él. ¿Se había enamorado tanto de Josh que no volvería a enamorarse de ningún otro hombre? Recordó el beso que se habían dado bajo la sombra en forma de corazón. Nunca había creído en aquella leyenda, pero en su caso, quizá se había hecho realidad. Aunque no para Josh.

El teléfono le vibró y vio que era Josh quien llamaba. Todavía no quería hablar. Estaba triste y temía que se le notara. En un par de horas, cuando estuviera de vuelta a su rutina, le resultaría más fácil.

Quizá estaba triste porque se había despedido de él ese mismo día. Cuando pasara una semana, tal vez se sintiera mejor y pudiera pensar en Josh sin tanta tristeza.

En aquel momento le parecía imposible. Si quería hablar con ella, era porque debía de sentir algo, probablemente lujuria. Era lo único que podía sentir o si no, no la habría llamado.

Josh guardó el teléfono. No podía concentrarse en lo que estaba haciendo porque Abby no le contestaba el teléfono. Había hablado con Benny y sabía que estaba de vuelta en la posada. Por muy ocupada que estuviera, sabía que solía contestar el teléfono, así que la única razón para no hacerlo tenía que ser que no quería hablar con él.

Le sorprendía que ya la echase de menos. Había habido varias mujeres en su vida y no recordaba haber echado tanto de menos a ninguna. No podía quitársela de la cabeza, pero tenía que hacerlo, puesto que no había futuro para ellos. Se lo había dejado muy claro antes de subirse al avión. Se preguntó si querría casarse, aunque sospechaba que habría obtenido la misma respuesta negativa si se lo hubiese propuesto. Se había quedado sorprendida cuando le había pedido que se fuera a vivir con él. No sabía por qué se había sorprendido ni por qué se había enfadado. Debería haberse dado cuenta de por qué se lo pedía, debería haberse sentido halagada. Nunca había entendido a Abby y nunca lo haría. En muchos aspectos, seguía siendo un misterio para él.

Tenía que concentrarse en el trabajo y olvidarla. Colocó un montón de documentos delante de él, miró el calendario y soltó una maldición. Tomó el primer papel y se puso a leerlo. Consiguió quitársela de la cabeza quince minutos, pero enseguida recordó cómo le había hecho el amor.

–Maldita sea, Abby –susurró.

No se podía haber enamorado de ella. Abby no era la mujer adecuada para él. Solo correspondería a su amor en el aspecto físico. Había puesto fin a lo que había surgido entre ellos con la misma facilidad con la que se había iniciado. Estaba convencido de que no querría volver a salir con él, y eso era una novedad en su experiencia con las mujeres. Lo que le irritaba porque estaba deseando verla.

Sacudió la cabeza.

Tenía que olvidarla y seguir con su vida. En un mes, no sería más que un recuerdo. No estaba enamorado de ella, no le haría ningún bien si así fuese. Tomó los papeles que tenía encima de la mesa y se concentró en el trabajo. Treinta minutos más tarde, se dio cuenta de que tenía la mirada perdida, y se preguntó si Abby estaría pensando en él mientras trabajaba.

Capítulo Ocho

Su madre quería ver fotos de Nueva York, así que Abby las descargó en su ordenador y antes borró del teléfono las que se había hecho con Josh.

Se fue a la casa de al lado y encontró a su madre pelando patatas para la cena.

—Siéntate. La abuela está en casa de su amiga Imogene. Volverá en un par de días.

—Deja que te ayude. Siéntate y yo seguiré pelando.

—No, ya he acabado y necesito un descanso —dijo, y se lavó las manos—. ¿Lo has pasado bien en Nueva York y en el rancho?

—Lo he pasado muy bien —sacó una caja blanca con un lazo azul—. Te he traído algo.

Su madre abrió la caja y sacó un collar de plata.

—Abby, es precioso, muchas gracias. Quiero que me cuentes el viaje y que me enseñes las fotos.

—Ha sido maravilloso.

Pasó la siguiente hora contándole a su madre del viaje y enseñándole las fotos.

—Será mejor que me vaya —dijo Abby cuando terminaron.

—¿Piensas volver a ver a Josh?

—No, no hay nada entre nosotros. Me invitó a ir

porque sabía que nunca había estado y él tenía que ir de todas formas. Creo que en el fondo, el viaje no era más que su manera de darme las gracias por dejar que se quedara en la posada en mitad de la tormenta de nieve.

Su madre no dejó de observarla mientras la acompañaba a la puerta de atrás.

–¿De verdad crees que no volverás a verlo?

–Ya te he dicho que ha sido un viaje muy especial, pero no hay nada entre nosotros.

–Me alegro de que lo hayas pasado tan bien y de que no estés enamorada de él. Creo que es lo mejor.

–Estoy de acuerdo. Hasta mañana. Gracias otra vez por cubrirme mientras he estado fuera.

Volvió a la posada y se fue a la recepción. Josh había dejado de llamar, lo cual no le sorprendía. Seguramente, no volvería a saber de él.

En la tarde del primer viernes del mes de abril, Abby se miró al espejo. Llevaba unos pantalones y una camisa azules, y se había dejado el pelo suelto. Su madre se había hecho cargo de la recepción mientras había ido a hacer la compra, y se fue a sustituirla.

No había nadie en el vestíbulo. Oyó la televisión y a alguien tocando el piano en el salón. Se fue a su habitación, sacó el teléfono y vio las viejas llamadas de Josh sin contestar. Las borró y luego se quedó viendo las fotografías de Nueva York.

Aunque Josh no salía en ninguna, podía verlo en todas.

No sabía qué le deparaba el futuro. Lo único que quería en aquel momento era olvidarse de Josh Calhoun y seguir con su vida. Preferiría pasar el día en su habitación y no tener que hablar con nadie, pero debía ir a relevar a su madre, así que dejó el teléfono en la cómoda y se fue en su busca.

La encontró en el salón y la acompañó hasta la puerta.

—Te ha llamado Josh Calhoun —dijo su madre poniéndose el abrigo—. Ahora entiendo por qué lo pasaste tan bien con él en Nueva York. Es muy simpático. Hemos estado hablando un rato. Me ha dicho que sentía no habernos conocido a la abuela y a mí porque ha oído hablar mucho de nosotras. Dice que le salvaste la vida dándole un sitio en el que quedarse durante la nevada.

—Josh sabe ser encantador, mamá, no lo niego.

—Me ha pedido que te dijera que ha llamado.

—Gracias, no es importante.

—Abby, quizá me equivoqué al preocuparme. No todos los hombres encantadores son como tu padre. No dejes que el pasado te influya. Josh parece desesperado por hablar contigo.

—Quizá, pero no quiero irme a vivir con él.

—Si eso es lo que pretende, me alegro de que no hayáis hablado. Llámame si necesitas algo.

—Gracias, mamá —dijo, y la despidió con un beso en la mejilla.

Abby se quedó mirando a su madre hasta que

entró en su casa. Luego se fue a su habitación. Esa noche, los huéspedes tendrían que arreglárselas sin ella porque no quería hablar con nadie.

El teléfono de su habitación sonó y contestó. Era Colleen Grimes, su mejor amiga desde la infancia. Hablaron durante más de una hora y cuando colgó, después de contarle su viaje con Josh y su ruptura con Lamont, se sintió más aliviada.

Oyó el teléfono móvil sonando en la cómoda. También había sonado una vez durante su charla con Colleen. Esperó a que colgaran y lo apagó. Su madre llamaría al teléfono de la posada si la necesitaba, y no había nadie más con quien quisiera hablar.

Aquella noche apenas durmió. Tumbada en la oscuridad, no dejó de recordar sus besos y caricias mientras habían hecho el amor. No podía olvidar lo bien que se lo habían pasado juntos. No quería imaginar cómo sería vivir y viajar con él porque eso nunca ocurriría.

Estaba a punto de amanecer cuando se quedó dormida. Pensó en la noche que había pasado y en Josh, y se preguntó cuándo dejaría de llamarla y empezaría a olvidarla.

La siguiente semana la pasó tratando de concentrarse en el trabajo. Por fin empezaban a advertirse las primeras señales de la primavera. Con la llegada de la nueva estación y la mejoría del tiempo, cada vez había más clientes.

Josh había dejado de llamarla y se preguntó si ya estaría saliendo con otra. Supuso que siempre tendría una mujer en su vida. Por mucho que le doliera pensar en él, no podía dejar de recordarlo y preguntarse cómo estaría.

Pasó otra semana y seguía sintiendo lo mismo. Lo cierto era que el dolor parecía aumentar en vez de disminuir, pero estaba convencida de que con el tiempo desaparecería y se convertiría en un recuerdo más. Josh había dejado de llamarla, así que daba por sentado que ya no pensaba en ella ni quería verla. Se esforzaba en mantenerse ocupada, pero no podía sacarse a Josh de la cabeza. ¿A quién se llevaría de viaje ese fin de semana?

El último viernes de abril, Josh trataba de prestar atención a lo que ocurría a su alrededor. Estaba en una reunión del consejo, en la sala de juntas de las oficinas de su hermano, en Dallas.

Se levantaron las manos y no supo lo que se estaba votando, aunque por suerte había unanimidad. Aunque había tratado de prestar atención a lo que se estaba diciendo, sus pensamientos estaba puestos en Abby. Quería volver a verla y no comprendía por qué no quería ni hablar con él por teléfono. ¿Qué daño podía hacerle? Estaba confundido. Nunca antes había tenido que perseguir a una mujer y no conseguía olvidarla.

La reunión terminó y permaneció sentado en su silla. Iba a comer con Jake. No sabía quién más del consejo los acompañaría y confiaba en poder estar más atento en la comida.

Uno por uno fueron saliendo de la sala hasta que solo quedó Jake.

–¿Vamos a comer tú y yo solos?

–Sí, todos tenían algo que hacer.

–Muy bien, estoy listo –dijo poniéndose de pie–. ¿Qué pasa con Mike? Creí que ibas a organizar una cena para verlo cuando volviera de su luna de miel con Savannah.

–Han alargado la luna de miel. Scotty está disfrutando mucho con Lindsay y no quiere irse de su casa. Cuando vuelvan, organizaré esa cena familiar.

–Muy bien.

Salieron del edificio y se fueron caminando hasta el restaurante donde solían comer. Después de pedir unas hamburguesas, Jake se quedó mirándolo.

–¿Tienes problemas de negocios?

–No, ¿qué te hace pensar eso? No tengo ninguna queja. Va a ser un buen año de beneficios.

–Me alegro.

–¿A qué viene la pregunta?

–No te has enterado de nada en la reunión.

–¿Cómo lo sabes?

–Soy tu hermano, ¿recuerdas? Te conozco desde hace mucho tiempo y sé cuándo tienes la cabeza en otro sitio.

–Supongo que estaba pensando en una nueva cadena de hoteles que me han ofrecido para invertir. Mi equipo dice que tengo que tomar una decisión pronto.

–Creo que tu equipo puede arreglárselas solo –dijo Josh, y dio un bocado a su hamburguesa–. ¿Qué tal tu viaje a Nueva York?

Josh sonrió.

–Fue divertido.

–¿Sigues viendo a la dueña de la posada?

–No. Lo pasamos bien, pero se acabó. No era mi tipo, pero es una mujer muy simpática que nunca había estado en Nueva York, así que la llevé.

–No seguiré preguntando –dijo Jake sacudiendo la cabeza–. Será mejor que vuelva al trabajo. ¿Estás listo?

–Sí, hoy pago yo.

Caminaron de vuelta a la oficina de Jake. Josh se despidió, se metió en el coche y se fue a su despacho. Estuvo ocupado el resto de la tarde y se fue a casa pasadas las cinco. Luego hizo ejercicio, nadó y cenó las sobras que encontró en la nevera. Estuvo un buen rato pensando en Abby hasta que tomó el teléfono y llamó a una buena amiga a la que invitó a cenar al día siguiente. Nada más colgar, se arrepintió. No deseaba salir con otra mujer que no fuera Abby.

Al día siguiente, recogió a Emma y trató de poner toda su atención en ella, pero no pudo dejar de pensar en Abby. Había mantenido una breve relación con Emma, que habían acabado de mutuo acuerdo cuando ella había querido casarse. Seguían siendo amigos.

Al verla subirse al coche, Josh reparó en el vestido ajustado que llevaba, azul y de amplio escote. A
pesar de su aspecto deslumbrante, el pulso no se le
aceleró como cuando veía a Abby con su coleta y
sin maquillaje.

Cenaron en un restaurante al aire libre porque
la noche era muy agradable. En un momento
dado, ella alargó la mano y la puso sobre la de él.

–Y ahora, cuéntame. ¿A quién estás intentando
olvidar o qué problema tienes en los negocios?

–¿Qué te hace pensar que tengo problemas?

–Se te ve preocupado y me has llamado.

Él rio y le acarició la mano.

–Me conoces muy bien y yo a ti también. ¿Por
qué has salido conmigo? ¿Estás intentando olvidar
a tu segundo marido o es tu forma de poner celoso a
alguien?

–Más bien lo último. ¿Y qué me dices de ti?

–Intento olvidar a alguien –contesto Josh.

–¿Se supone que está aquí esta noche y puede
vernos?

–No, quería que me ayudaras a quitármela de la
cabeza. Me preocupa un poco.

–Lo que sea que esté pasando, me alegro de haber venido, porque no me apetecía quedarme en
casa. Además, el hombre al que quiero poner celoso viene mucho a este restaurante, así que es posible que aparezca. He saludado a un par de amigos
suyos al entrar. Sin duda alguna, se enterará de
que he estado aquí contigo esta noche.

–Ya me siento mejor –comentó Josh sonriendo–. Cuando empiece el baile, les daremos una buena razón para hablar.

–Estupendo, querido –dijo ella riéndose.

Mientras cenaban y charlaban, sus intentos por olvidar a Abby fracasaron. La echaba de menos y nadie, ni siquiera aquella buena amiga, iba a conseguir que se la quitara de la cabeza.

–¿Josh? ¿Me estás escuchando?

–Lo siento. Hay un asunto de trabajo que me preocupa –mintió.

–Esto es impropio de ti –dijo mirándolo fijamente–. ¿Cómo se llama?

–¿Cómo se llama quién?

–Josh, tienes la cabeza en otro sitio. Dices que me has invitado a salir para olvidar a alguien. ¿Cuándo rompisteis?

–No ha habido ruptura.

–¡Estás enamorado! –exclamó Emma asombrada.

–No, no estoy enamorado.

–Nunca pensé que llegaría el día. Estás tan enamorado que ni siquiera te das cuenta.

–Venga, vamos a bailar –dijo tomándola de la mano–. ¿Siguen por aquí esos amigos?

–Sí, acabo de sonreír a uno de ellos.

Emma se aferró a sus hombros y Josh la tomó del talle y la levantó del suelo. Luego la besó. Quería que lo correspondiera y que le hiciera olvidar todo lo demás, poniendo fin a su constante necesidad de estar con Abby.

Pero el beso de Emma no le provocó nada. La

soltó y siguieron bailando, aunque lo único que deseaba era poner fin a la velada y llevar a Emma a su casa.

—Mañana tengo un día muy ocupado —dijo—. Te llevaré a casa.

—De acuerdo, pero no mientas. Intentas olvidar a alguien y no puedo ayudarte. Esto tenía que pasarte en algún momento de tu vida. Debe de ser una mujer muy especial. Quizá incluso debas considerar la idea del matrimonio. Si lo haces, invítame a la boda, porque me gustaría conocerla.

Llevó a Emma a su casa y permanecieron en el coche unos minutos.

—Le estás dando una importancia que no tiene.

—Creo que no. No me cabe ninguna duda de que estás enamorado y, como no lo has estado en tu vida, no sabes reconocer las señales —dijo ella, y le dio un beso en la mejilla—. Me lo he pasado muy bien. La cena ha sido estupenda y he conseguido mi propósito. Siento no haber podido ayudarte, pero si estás enamorado, nada ni nadie te hará olvidarla. Tiene que ser alguien muy especial para que estés tan afectado.

—Lo es, Emma.

—Estás enamorado —afirmó, dándole una palmada en el hombro—. No olvides invitarme a la boda.

Josh salió del coche y fue a abrirle la puerta. Luego, la acompañó hasta su casa.

—No te hagas ilusiones. Ni siquiera contesta mis llamadas. No soy su tipo.

–Gracias por esta noche –dijo ella sonriendo.

–Eres una buena amiga, Emma. Buena suerte con tu última conquista. Espero que sea el definitivo. Te lo mereces.

–Gracias.

Le mandó un beso con la mano, entró en su casa y cerró la puerta.

Josh volvió a su coche. ¿Estaba enamorado y ni siquiera lo sabía? No pensaba que algo así fuera posible. ¿Debería buscar anillo de compromiso? No se conocían lo suficiente como para casarse y seguramente lo rechazaría.

Si no contestaba sus llamadas, lo único que le quedaba por hacer era ir a verla. Tenía que quitársela de la cabeza. Si no era posible que mantuvieran una relación, al menos la invitaría a salir. ¿Cómo demonios era posible que se sintiera tan atraído por ella?

Al igual que había surgido la pregunta, surgió la respuesta: se lo había pasado mejor que con ninguna otra mujer. Debía habérselo pensado mejor antes de proponerle irse a vivir con él.

Llamó a Edwin Hickman. Tenía que averiguar cuándo era el mejor momento para hablar con ella y que no le cerrara la puerta en las narices.

La seguridad que mostraba con las mujeres, lo estaba abandonando. Con Abby se sentía perdido. Era incapaz de entenderla y esperaba estar haciendo lo correcto. Si aquello no salía bien, no tenía esperanzas de tener otra oportunidad.

Se pasó las manos por el pelo. ¿La amaba como

para pasar el resto de su vida junto a ella? Si así era, ¿cómo conseguiría que aceptara su proposición de matrimonio teniendo en cuenta que no le gustaba su estilo de vida, que no confiaba en él para mantener una relación y que no quería un marido que viajara?

No estaba preparado para el matrimonio, pero tampoco para dejar marchar a Abby.

Por primera vez en su vida estaba enamorado y no era correspondido. Ni siquiera podía hablar con ella. ¿Cómo iba a pedirle matrimonio?

Estaba enamorado de Abby y no se había dado cuenta de sus sentimientos hasta que todo le había estallado en la cara. Quería comprarle un anillo de compromiso que fuera antiguo y especial.

Tenía que empezar a pensar qué le diría para convencerla de que se casara con él. Iba a ser la tarea más ardua a la que se había enfrentado jamás. Se levantó y se fue al escritorio para encender la luz. Tomó una hoja y empezó a escribir los argumentos que le daría para no casarse con él. Los enumeró y luego se quedó con la mirada perdida, pensando en todas las cosas que le había dicho.

En cuanto hubo tomado la decisión, empezó a hacer planes. Se sentía mejor, aunque le preocupaba que si no conseguía a hablar con ella en persona, no tendría ocasión de proponerle matrimonio.

Capítulo Nueve

Abby acababa de registrar a dos huéspedes. Justin la estaba ayudando y se ocupó de mostrarle a la pareja su habitación. Miró la hora y vio que eran casi las siete.

–Abby, hace una tarde muy bonita –dijo el señor Hickman–. Me gustaría que te sentaras un rato en el porche conmigo.

Ella sonrió y lo tomó del brazo.

–Claro. Encantada.

El señor Hickman se sentó en una mecedora y Abby en el balancín.

–Resulta relajante mecerse en un balancín –dijo ella.

–Tu amigo me llamó y va a venir a verte.

Sorprendida, lo miró. Justo entonces, un coche entró en el aparcamiento junto al jardín delantero. Cuando Josh se bajó, el corazón le empezó a latir con fuerza. Llevaba un sombrero, una camisa blanca, unos vaqueros y unas botas. Estaba más guapo que nunca y contuvo el impulso de echar a correr y arrojarse en sus brazos. En vez de eso, se quedó muy quieta, convencida de que la visita le provocaría más sufrimiento.

–Sé amable con él esta noche.

No se dio cuenta de cuando el anciano se fue del porche. Una mezcla de sentimientos la embargaron, dominados por el nerviosismo. Se recordó que, independientemente de lo que pretendiera, tenía que decirle que no. No podía volver a salir con él, y mucho menos irse de viaje.

Apretó los puños y los ocultó en los bolsillos. Debería haberse cambiado de ropa. Llevaba los mismos vaqueros y el jersey rosa que se había puesto aquella mañana.

Cuando llegó hasta ella, el corazón estaba a punto de salírsele del pecho.

—Hola. He visto a Edwin al aparcar, así que te habrá dicho que le llamé.

—Sí. Hasta hace un momento no sabía que ibas a venir.

—No contestabas el teléfono.

—No tenemos nada de qué hablar. No sé por qué has venido a Beckett.

—Quiero hablar contigo. ¿Podemos ir a tu habitación?

A punto de decir que no, lo miró a los ojos y asintió.

—Bien, no te arrepentirás —añadió él con su habitual aplomo.

Josh le sujetó la puerta y entró detrás de ella. Al pasar, sus hombros de rozaron y Abby sintió un estremecimiento. Una vez en la habitación, cerró la puerta.

Abby se sentó en un sillón y él en una silla al lado.

–Te he echado de menos y quería hablar contigo. Abby, no debería haberte pedido que vinieras a vivir conmigo ni que me acompañaras en mis viajes.

–No, no deberías haberlo hecho. Sabes que soy muy tradicional, que estoy atada a la posada y muy unida a mi familia. En esas circunstancias, tu ofrecimiento no es más que la prueba de que no me conoces ni sientes nada por mí.

–Debería habérmelo pensado mejor y no lo hice. Actué por impulso porque no quería decirte adiós ni que salieras de mi vida. He estado pensando mucho en todo este tiempo, y me he dado cuenta de que me he enamorado de ti.

Josh se acercó a ella, tomó su mano y se arrodilló.

–Abby, te quiero. ¿Quieres casarte conmigo?

Se quedó asombrada. Apenas era capaz de respirar y mucho menos de hablar.

–Josh… No puedes amarme. No me conoces bien.

–Sí, te quiero. Hemos trabajado juntos, nos hemos reído, hemos bailado, nos hemos besado, hemos hecho el amor… Lo único que sé es que no quiero pasar el resto de mi vida sin ti. Por favor, escúchame –añadió rápidamente–. Sé que no te gusta mi estilo de vida ni mis viajes ni mi vida cosmopolita. Puedo cambiar. Puedo dejar mis negocios en manos de gente muy competente y retirarme a vivir al rancho. Tengo dinero suficiente como para no tener que volver a pisar una oficina.

–Josh, estoy sorprendida. No puedo creer que estés hablando en serio ni que sepas lo que estás haciendo.

–Sé muy bien lo que estoy haciendo. La vida sin ti ha sido un infierno. Abby, cásate conmigo. Te quiero.

–¿Te mudarás a vivir al rancho para siempre?

–Sí, lo que quieras. No sabes cuánto te quiero. Seré feliz en el rancho y te tendré a ti.

–Josh, no lo has pensado bien. Soy dueña de esta posada. No puedo marcharme y dejarla.

–No, no puedes. Puedo comprártela y mantenerla como está. Con el dinero puedes saldar la hipoteca de tu madre y ayudar a tus hermanos a pagar la universidad. Tengo dinero suficiente para hacer lo que quieras. Si tu familia quiere estar más cerca, podemos animarlos a que se muden a Verity, incluyendo a tus tías y al señor Hickman. Si quieren quedarse, tengo aviones a mi disposición y puedes ir y venir cuando quieras. Lo que no quiero es vivir sin ti.

Lo miró y se sintió aturdida, tratando de asimilar todo lo que le estaba diciendo.

–Josh, has tenido muchas mujeres en tu vida. No puedo hacer que sientes la cabeza.

Él se puso de pie y tiró de ella para que se levantara y poder rodearla con sus brazos.

–Te quiero con todo mi corazón. Quiero vivir en el rancho contigo o donde tú quieras. Te quiero a mi lado, Abby. Eso es lo más importante. ¿Te casarás conmigo?

–No puedo creer que estés enamorado y que no vayas a cambiar de opinión.

–Te lo prometo, no cambiaré de opinión.

–Ni siquiera sé si quieres tener hijos.

–Sí, quiero. Abby, cásate conmigo –repitió.

El corazón le latía desbocado. Josh estaba enamorado y quería casarse con ella. Absorta en sus pensamientos, se quedó mirándolo unos segundos más mientras él palidecía. Luego, lo rodeó con sus brazos por el cuello.

–Supongo que hay que correr riesgos en la vida. Te quiero, Josh.

Se puso de puntillas para besarlo, y rápidamente él la abrazó con fuerza y se fundieron en un beso apasionado. De repente, Abby se apartó.

–No conozco a tu familia no tú conoces ni a mi madre ni a mi abuela.

–Ya lo arreglaremos para que nos conozcamos todos.

–Imagina que a tu familia no le gusto.

–Eso es completamente imposible –replicó, y volvió a besarla–. Abby, dame una respuesta.

–Sí, me casaré contigo. Te quiero con todo mi corazón.

–Tenemos que decírselo a nuestras familias –dijo Josh, y la soltó–. ¿Puedes darme una habitación para pasar la noche?

–Sí, puedes quedarte en una habitación o en mi sofá, como prefieras.

–Me conformo con lo que tengas. Espera, no estoy haciendo esto bien –añadió, y se llevó la mano al bolsillo para sacar una caja–. Si no te queda bien o no te gusta, podemos cambiarlo.

Quitó la tapa y de dentro sacó un pequeño estuche, que abrió.

Abby se quedó mirando el enorme diamante.

–Josh, es precioso.

Sacó la sortija del estuche y se la puso en el dedo.

–Tiene forma de corazón –advirtió ella.

–Es para que recuerdes la noche en la que nos besamos bajo aquella sombra con forma de corazón.

–Josh, te quiero –susurró, y se lanzó a sus brazos para besarlo de nuevo.

–No sabes cuánto te he echado de menos –dijo él cuando se separaron–. Vamos a contárselo a tu familia y luego llamemos a la mía. En breve habrá una reunión familiar y podrás conocerlos a todos.

Abby tomó su rostro entre las manos.

–¿Estás seguro de que quieres dejar los negocios? Es un gran cambio en tu vida. Quizá pueda hacer algunas concesiones.

–Estoy seguro. Me encanta la ganadería y no quiero viajar ni estar lejos de ti. Además, veré más a mi familia. ¿Crees que podrás vivir en un rancho apartado?

Ella rio y señaló a su alrededor.

–¿Tú qué crees? Claro que puedo. Mira la vida que llevo.

–Siempre estás con gente. En el rancho no será así.

–Ya se nos ocurrirá algo –dijo ella sonriendo, y volvió a besarlo.

Después de unos segundos, Josh se apartó.

–Pongamos fecha para la boda. El viaje a Colorado tendrá que posponerse unos días.

–El señor Hickman lo comprenderá.

Abby lo miró a los ojos y el corazón empezó a latirle más deprisa. Nunca antes había visto tanta ternura en ellos.

–Lo he pasado muy mal sin ti.

–Yo también te he echado de menos –contestó ella susurrando.

–¿A quién se lo decimos primero?

–A mi madre.

Mientras se dirigían a casa de su madre, el teléfono de Josh sonó y contestó. La tomó de la muñeca para que se detuviera y puso el altavoz.

–Es mi hermano Jake. Voy a decírselo ahora mismo.

Ella asintió.

–Jake, tengo activado el altavoz. Estoy con Abby Donovan.

–Hola, Abby –dijo Jake.

Josh la rodeó por los hombros y ella sonrió.

–Jake, iba a llamarte. Cuéntame tú primero.

–Mike y Savannah han vuelto a casa. La cena será el viernes de la semana que viene.

–Muy bien, vendrá Abby también. Así podrá conocer a la familia y viceversa.

–Estupendo, lo estoy deseando. ¿Para qué ibas a llamarme?

–Le he pedido a Abby que se case conmigo y ha aceptado –anunció Josh.

–Enhorabuena. Bienvenida a la familia. Qué buenas noticias.

–Gracias –dijo ella sonriendo–. Soy muy feliz y tengo muchas ganas de conoceros.

–Esta noche llamaré a los demás. Ahora mismo íbamos a decírselo a la madre y a la abuela de Abby.

–Estupendo, ya hablaremos, hermano.

Colgó, y después de dar un abrazo a Abby, se guardó el teléfono en el bolsillo.

Al llegar a casa de su madre, Abby se adelantó y la llamó. Al momento, apareció en la cocina.

–Mamá, quiero que conozcas a Josh Calhoun. Josh, ella es mi madre, Nell Donovan.

–Me alegro de conocerte –dijo Nell–. Ahora puedo darte las gracias por quitar la nieve de la entrada de mi casa.

–De nada. Encantado de conocerla.

–Mamá, Josh me ha pedido que me case con él –anunció y extendió la mano para enseñarle el anillo.

–Abby, eso es maravilloso –exclamó, y abrazó a su hija antes de volverse a Josh–. Bienvenido a la familia. Justin estará encantado de que haya otro hombre en la familia. ¡Qué anillo tan bonito!

–Señora Donovan, ya sé que es un poco anticuado, pero dado que el padre de Abby no está aquí, me gustaría pedirle antes su aprobación.

–Si haces feliz a mi hija, tienes mi aprobación.

¡Qué alegría! Abby, tienes que contárselo a la abuela. Sabes que pondrá reparos por la posada, pero ya se nos ocurrirá algo.

—Josh ya tiene una idea, mamá. Vamos a decírselo a la abuela y sentémonos a charlar para que Josh os cuente lo que se le ha ocurrido —dijo, y lo tomó del brazo.

—Arden está de camino para recoger algo. Cuando se lo digas, la van a oír gritar de alegría en la posada —comentó su madre—. Le va a parecer muy romántico.

Todos rieron y se fueron al salón en busca de la abuela. Abby también quería gritar de alegría y no dejaba de mirarse el anillo.

Con el estómago hecho un manojo de nervios, Abby esperaba en el vestíbulo junto a la planificadora de bodas y a Justin. No podía creer que el gran día hubiera llegado. Era el sábado por la mañana del último fin de semana de mayo. Arden, Colleen y Lindsay, la hermana de Josh, eran sus damas de honor. Vestían vestidos largos de seda amarilla, finos tirantes y faldas rectas.

Al ver a Josh junto al altar, su nerviosismo desapareció. Estaba tan guapo que se quedó sin respiración. Todavía le costaba creer que iba a convertirse en su esposa y que se irían a vivir al rancho. Toda su familia, incluidas sus tías y el señor Hickman, había volado hasta Dallas y se alojaban en uno de los hoteles propiedad de Josh.

Justin le ofreció su brazo.

–Estás muy guapa, hermanita.

–Gracias. Tú también estás muy guapo con ese esmoquin.

–Creo que todo Beckett ha venido a la boda, incluido Lamont –comentó Justin–. No falta nadie.

–Ya me he dado cuenta, y es increíble que todos estén aquí. Mamá tiene muchos amigos.

–Tú también.

–Ha llegado el momento –anunció la organizadora de bodas.

Hizo una seña a su hermano y comenzaron el recorrido hacia el altar.

La ceremonia se le pasó volando y no pudo dejar de mirarse la alianza de oro.

Más tarde, en la recepción en un club de Dallas, Josh la tomó de la mano para abrir el baile. Cuando la orquesta empezó a tocar un vals, ella sonrió.

–Pensé que te gustaría y les he pedido que lo tocaran.

–Me encanta. Además, bailas muy bien el vals.

–Nunca me lo había dicho nadie –dijo él riendo–. Mi padre quiere bailar contigo y mis hermanos también. A mi madre le pareces maravillosa.

–Tienes una gran familia. Me han acogido con mucho cariño, y a mi familia también. Por cierto, supongo que Lamont querrá bailar conmigo. Espero que no te importe.

–En absoluto.

–Me gustaría que Lamont encontrara a alguien

que le quisiera. Por cierto, me dijiste que me sorprenderías con la luna de miel. Creo que ha llegado el momento de que desveles el misterio.

—Iremos a Nueva York y de allí volaremos a Viena, la cuna del vals. También iremos a Suiza y a Alemania para que veas todos los castillos que quieras.

—Me siento como si estuviera soñando.

—Yo, también. Te quiero mucho y voy a demostrártelo todos los días de mi vida.

—Yo también te quiero, Josh. Aquella noche te dije que estábamos tentando la suerte al desafiar la antigua leyenda del beso bajo la sombra. Una vez más, se ha hecho realidad.

—Me alegro de haber tentando la suerte. Recuerda el viejo dicho de que los polos opuestos se atraen. Me sentí atraído por ti desde el primer momento en que vi tus enormes ojos azules.

—A mí me pasó lo mismo. Cuando quieras, nos vamos.

Eran las ocho de la tarde cuando entró con ella en brazos en el ático de su hotel de Nueva York. La dejó de pie en el suelo y se quedó mirándola. Luego la abrazó y la besó. Abby se aferró a él y le devolvió el beso apasionadamente. La felicidad la invadía. Estaba empezando su vida con Josh, el único hombre al que de veras había amado.

Deseo

APOSTAR POR LA SEDUCCIÓN

JENNIFER LEWIS

Constance Allen era seria, formal e inocente. La intachable auditora tenía como objetivo asegurarse de que las finanzas del casino New Dawn estuvieran fuera de toda sospecha y, de paso, conseguir un ascenso... hasta que John Fairweather, el millonario propietario del casino, la sedujo con su encanto irresistible. Aquel conflicto de intereses hacía peligrar su trabajo, pero Constance era incapaz de controlarse.

John no esperaba que su pequeño coqueteo con la auditora se volviera súbitamente tan serio. Sin embargo, la investigación sacó a la luz a un culpable inesperado, amenazando aquel romance.

¿Ganaría aquella apuesta?

¡YA EN TU PUNTO DE VENTA!

Acepte 2 de nuestras mejores novelas de amor GRATIS

¡Y reciba un regalo sorpresa!

Oferta especial de tiempo limitado

Rellene el cupón y envíelo a

Harlequin Reader Service®
3010 Walden Ave.
P.O. Box 1867
Buffalo, N.Y. 14240-1867

¡Si! Por favor, envíenme 2 novelas de amor de Harlequin (1 Bianca® y 1 Deseo®) gratis, más el regalo sorpresa. Luego remítanme 4 novelas nuevas todos los meses, las cuales recibiré mucho antes de que aparezcan en librerías, y factúrenme al bajo precio de $3,24 cada una, más $0,25 por envío e impuesto de ventas, si corresponde*. Este es el precio total, y es un ahorro de casi el 20% sobre el precio de portada. !Una oferta excelente! Entiendo que el hecho de aceptar estos libros y el regalo no me obliga en forma alguna a la compra de libros adicionales. Y también que puedo devolver cualquier envío y cancelar en cualquier momento. Aún si decido no comprar ningún otro libro de Harlequin, los 2 libros gratis y el regalo sorpresa son míos para siempre.

416 LBN DU7N

Nombre y apellido	(Por favor, letra de molde)	
Dirección	Apartamento No.	
Ciudad	Estado	Zona postal

Esta oferta se limita a un pedido por hogar y no está disponible para los subscriptores actuales de Deseo® y Bianca®.

*Los términos y precios quedan sujetos a cambios sin aviso previo.
Impuestos de ventas aplican en N.Y.

SPN-03   ©2003 Harlequin Enterprises Limited

Ella anhelaba la paz...
Y no se dio cuenta de que había iniciado una guerra...

Riya siempre había vivido a la sombra del esquivo Nathaniel Ramírez, el hijo de su padre adoptivo. Decidida a reconciliar a la familia y a conseguir que el pasado quedara atrás, consiguió que Nate regresara a casa tentándole con lo único que él siempre había deseado: la finca familiar.

Aunque le enojaba que Riya le hubiera hecho enfrentarse con su pasado, Nate no podía renunciar a lo que ella le ofrecía. El único atisbo de esperanza era la atracción que veía ardiendo en los ojos de Riya. Utilizaría todas las sensuales armas de su considerable arsenal para reclamar lo que era suyo y conseguir meterla en su cama...

Miedo a amarte

Tara Pammi

EL REGRESO DE ALEX

CHARLENE SANDS

Tras recuperarse de la amnesia, Alex del Toro tenía una nueva misión: descubrir a su secuestrador y recuperar el amor de su prometida. A pesar de haber ido a Royal, Texas, con una identidad falsa, sus sentimientos por Cara Windsor, la hija de su rival, eran completamente sinceros.

El instinto aconsejaba a Cara que se mantuviese alejada del hombre que le había mentido y que había intentado hacerse con la empresa de su familia, pero

ella también tenía un secreto: estaba embarazada de él.

El amor era imposible de olvidar

[5]